U0096569

陳年舊痕

王光前　著

人為何有姓？何謂「百姓」？何謂
「老百姓」？在權力鬥爭的政局下，老
百姓何辜？面對紛亂的時間與空間更迭
，知識份子又該如何自持？

推薦文——吹不熄的燭火

　　這不是一本歌功頌德的傳記，而是作者追憶陳年往事，以簡練、流暢的筆觸，刻畫中國戡亂時期市井小民的生活百態與個人的坎坷奇遇。

　　書中記載混戰時期，世態炎涼、趨炎附勢等現實醜惡面，世人為了三餐溫飽，淪棄道德規範，讀來不勝欷歔。作者除了描繪親情、人倫、感恩與告誡等人間溫馨的故事，也見證時局內憂外患及民不聊生的窘境。在動盪不安的社會中，作者經歷惡匪綁架、戰亂逃亡、跨海來台、白色恐怖等大事件。中年失聰後，在無聲與孤獨的世界中，藉由閱讀與心靈對話，進行獨立思考與沉澱，促使其對人生哲理有更深層的體認。倔強、不畏權勢的性格，更使得作者在亂世中，恪守知識份子的本分，以敏銳的判斷力和獨到的見解立命安身。雖處紛亂貧困的環境，仍能保有自我省思的能力，其高尚的人品與批判的智慧，儼然有「世人皆醉我獨醒」之風範。

　　細讀作者的人生遭遇與處事態度，不僅窺視當時社會的縮影，更體認知識份子應有的洞悉力與思維。在現今言論自由、思想開放的民主社會，其精神更值得讀者仿效。作者一生坎坷的境遇，猶如一盞風雨中吹不熄的燭火，燃燒著強韌的生命力，綻放出智慧的光芒。

　　　　　　　　屏東教育大學應用化學暨生命科學系教授　王靜如

陳年舊痕

目次

人為什麼有姓？

　　我有個搞科技的女婿，有一次突發奇想，問我說：「人為什麼有姓？」「姓是表示一個人的來歷。」我不做什麼解釋的地答。

　　姓是習見的字，經常聽到的詞，大家習以為常，也就不覺得有什麼特別的意義和感覺。但如果有人問你：「你為什麼姓陳？」可能會突然覺得茫然不知所答；頂多只能說，父親姓陳，所以你也姓陳。而祖先因何取陳字為姓，就無所知了。

　　你知道何謂「百姓」？何謂「老百姓」？還不都是人民的意思，人民眾多，其姓也有上百種，故云「百姓」。一個姓，就是一個族群，這樣聚族而居，才能互相幫助，共同對外，生存就能獲得保護和安全。咱們中國老百姓，多已知道最早的祖宗，是炎黃二帝。這二帝是兩個族群，或說兩個部落的頭子，就是所謂的酋長。這兩個族群，發生一次規模不小的戰爭。《史記‧五帝本紀》說：「黃帝與炎帝戰於阪泉之野，三戰然後得其志。」現代學者已查到阪泉就在八達嶺的附近，這是許多去過萬里長城遊覽的觀光客都到過的地方。炎帝敗了，他的部族被征服了，兩個族群遂融合為一。數千年時間，子孫繁衍，遍佈全中國，所以我們中國人，都以炎黃為我們的共同始祖。

　　中國人有許多不同的姓氏，天南地北，縱相距千里，同胞感情始終存在，因此遇有外族入侵，都會攜手團結，共禦外侮。中

國亡於外族兩次，但都能復興，並使外族漢化，使不再成為敵人，靠的就是對姓氏的共識，和認知大家共同的祖宗。甲午戰爭後，日本佔領我們的台灣，獎勵未能如連雅堂、丘逢甲諸先賢那樣的渡海返回祖國的留台同胞，改名換姓－改用日本名，換用日本姓，妄圖使我台胞「數典忘祖」，俾易於統治。但我台胞不忘民族大義，百分之九十九以上，都不改其志，只願仍姓自己的漢姓，仍名自己的漢名，這就是大家對姓氏和祖先都有共同認知的原因。

我們的姓都是有來歷的，只是時間久遠，後世子孫多已不能知道。舉一兩個例說，萬人崇敬的鄭成功，為什麼姓鄭？千夫所指的李登輝，為什麼姓李？怕現在知道的人已經很少了。

我們現在先說鄭成功的吧。

周宣王時，封他一個名叫友的弟弟於京畿一個叫做鄭的地方，他就是鄭桓公。平王東遷洛陽，子孫也都流徙到新鄭，那就是春秋時代的鄭國，子孫遂以國為姓。鄭成功可能是鄭桓公的後裔，也可能是自鄭國外遷，以國為姓的原住民的後人。

現在我們再說李登輝的吧。

李登輝的先世，可能是居世界十大哲學家之首的老子。《史記·老子傳》說：「老子者……姓李，名耳。」李、理古通，理是獄官（法官），老子的祖先有擔任理官的，因以為姓。遺憾的是，李耳的智慧那麼高，竟有一個極端愚劣的後世子孫，令人嘆息天公太不公平。他的這位被人戲罵為「老番癲」的頑劣後人，以堂堂一個地區領導人之尊，竟無知至「數典忘祖」，自認二十

歲以前（日本戰敗投降之前）是日本人，丟盡了台灣同胞的臉，更令全國同胞搖首嘆息不已！這是題外話，不多談了。

也許你的親友，有的會在大門頂上或廳中橫樑，懸一塊題著「三槐堂」三字的匾額，知道這三字意義的人，怕已經很少了；但知道的人，一望而知這屋主姓王。屋主以姓王為榮，也以這三字訓勉子孫效法先人進德修業，做個律己愛人，以不辱祖先的善人。他們王家的祖先，在宋初出個名臣，叫王祐的，在他的庭院親自種三株槐樹，說：「吾之後世，必有為三公者，此其所以志也。」後來，他的次子王旦，果然成為一人之下，萬人之上的宰相，世人便稱他為「三槐王氏」。這是「三槐堂」典故的由來。比王旦稍後的唐宋八大家之一的蘇東坡，特地寫了一篇〈三槐堂銘〉，流傳廣遠，讀者甚眾，於是後世王姓的人築廬，很多喜歡以「三槐堂」名其居。

王祐父子的為人，都有值得一述的價值。

史稱王祐少篤詞章，性倜儻，有俊氣。……知貢舉，多拔擢寒俊。這種為國掄才，公正無私的精神，無論古今都是不多見的，很值得大家的揄揚。他有三個兒子，都讀書，也都仕進，而以王旦最為傑出。

建議真宗御駕親征，使南侵的遼軍受挫的宰相寇準，就是在他晚年病時，應真宗的徵詢而推薦的，寇準對王旦本有些怨懟，但王旦認為寇準是個棟樑之材，便不計私人恩怨，做出公而忘私的選擇，這是真能做到古人「外舉不避仇」的教訓。

這個人的人格很高尚，這與遺傳有關，與家庭環境也有關，當然，與讀書更有關。《宋史‧王旦傳》說：「旦幼沉默，好學有文。」更說：「旦不置田宅，曰：『子孫當各念自立，何必田宅？徒使爭財為不義爾。』」病危時，他央人代撰遺表，首先吩咐，不可因為他是宰相，為宗親求官。接著，仍戒子孫：「我家盛名清德，當務儉素，保守門風，不得事於奢侈。」而對他的後事，也作了吩咐：「勿為厚葬，以金寶置柩中。」

這是難得的一個人，十分可敬的一個人；因此，表上「真宗嘆之」。

王旦在百忙中，也不忘著述，史稱他「有文集二十卷」。遺憾的是，他的文名為功名所掩。

我家所在的村莊——上張村，住著數十戶村民；他們分別住在祖先傳下的十棟左右的老舊大宅院裡，每年春節，舊房子的大門，貼的春聯，都是這樣的兩個句子：

> 槐圃家聲遠，
> 詩山世澤長。

看了前面說的王祐父子的故事，就知道這個村子住的人是一個宗族，大家都姓王，彼此是宗親的關係。他們都以祖先聲聞卓著為榮，因此說「槐圃家聲遠」。第二句說的是他們開基祖宗的來處——詩山。詩山在福建南安縣，不過，他們的遠祖又是在更早之時，從更遠的地方輾轉來到詩山的，所以說「詩山世澤長」。

　　戰亂是人口流徙的主要原因。唐末，黃巢亂起，攻進長安，江淮盜賊蜂起。有個屠戶出身的賊帥叫王緒的，率眾攻陷固始（在河南省），脅從縣佐王審潮、王審邽、王審知三兄弟從軍。後來兵敗，率部眾經浙江，下江西，自南康進福建。打前鋒的王審知一支隊伍，攻下汀州，轉進漳州，再陷南安，最後終於抵定七閩。

　　唐亡，歷史進入「五代」，同時各地還存在「十國」。第一個五代的後梁封王審知為閩王，閩就是十國中的一國。王審知雖然出身隴畝，卻頗有才略，史稱他「節省自處」，選任良吏，省刑惜費，與民休息。因此在他治閩三十年間，一境晏然。

　　王審知有子四人，但都不成器，缺少乃父之風；他們荒淫迷信，爭奪王位，演成骨肉相殘，兄弟仇殺的敗象，終為南唐詞家李後主的父親李景所滅。分散各處的末代王孫，都岌岌可危，紛紛改姓以避禍。有的改姓葉，表示一葉落而知秋；有的改姓沈，「沈」與「審」諧音，表示不忘祖先王審知；有的改姓游，表示游來游去，居無定所。也有未改姓的，回到王審知到過的南安詩山匿居；但詩山的日子不好過，據老一輩的族人說，不得已又從詩山帶一把扁擔，來到上張村生活。於是，中國人在許多的姓中，又多出了這幾個姓。王、葉、沈、游四姓的人，本來還是一家人，可是經過了一千年以上的現在，這幾個姓的人，已極少能夠知道大家原是一家人的了。

　　王祜是河北大名人，和王審知老家所在的固始，相去甚遠，然聞同是姓王，宗族感情便油然而生。前面所舉的門聯，上張人

何嘗認識王祜父子，只因為是同宗的關係，便覺得自己也很光榮。中國人到外國，相遇都很歡喜，雖非熟人，卻似舊識，這是民族感情自然的流露，因為彼此同是炎黃的子孫。在外國，有些地方有所謂「中國城」，就是華人聚居的小市集。漢代是中國聲威最大的一個朝代，所以中國人自古即自稱為漢族。台灣有幾個妄想搞台獨，或提出七塊論的妄人，是背離了民族，因此有人罵他們是漢奸！他們忘本，自甘為歷史罪人，和秦檜、汪精衛、蔣介石父子之輩為伍，應當自去其姓，因為中國人不屑承認他們也是炎黃子孫！

陳年舊痕

　　我對外曾祖母，腦海裡至今仍留著深刻的印象，雖然外曾祖母逝世已將近七十年，而我也已是將屆八十高齡的人了。外曾祖母生一男一女，舅公和外曾祖父都是秀才，秀才雖然不是什麼了不起的讀書人，但在到處都是文盲的那時，卻頗受村人欽敬。那時社會落後，沒有什麼工作機會，所以父子兩人，一生都沒有幹過什麼工作；家裡有幾畝薄田、一些龍眼樹，由兩個舅婆經營，一家數口，就靠這些營收生活。

　　外曾祖父相當聰明，為一些廟宇撰的對聯都頗受稱讚，他好風雅，自號六一先生，家裡卻無琴、無棋。村中友人失竊一隻羊，後來找到了，原來是被同村的一個人偷走的，失竊的人便去索還，那人卻否認偷竊。於是兩人一陣爭執後，便帶著羊同去外曾祖父跟前理論。我外曾祖父聽罷，說：「你們兩人不要爭，讓給我六一先生。」說罷，便將那隻羊給留下來。兩個村愚畏他是個讀書人，很無奈的各自回去了。日後我外曾祖父眼病，那時沒有能醫眼疾的醫生，不久就瞎了。有一天早晨，他出去上茅坑，不意被人推落坑中，沾了一身糞，掙扎許久才爬上來，成為附近村庄茶餘飯後的笑話。

　　外曾祖母待嫁閨中時，是個美女。她家在逕河的上逕鄉，和我外曾祖父家的所在地古圳埔相去約十華里，兩家並無淵源，也非媒人穿針引線，兩人結為連理，是很偶然的。每年端午節，上

逐鄉的林氏宗祠都舉行龍舟競賽，吸引許多遠近居民前來觀看，十分熱鬧。外曾祖父讀了幾年書，不工作，不耕稼，家庭人口又不多，靠一些田產收入，衣食有餘，因此村庄有什麼迎神賽會，都會邀二、三同窗，前往看熱鬧。有一年端午節，他和二、三友人去逐江觀看龍舟賽。沿著江邊逛去，岸上都有村中打扮秀麗的婦女，搬出長條凳坐著觀看。外曾祖父忽然瞥見一位可人意的閨秀，心中竊喜，暗裡打聽。回到家裡，父母得悉，就央請媒婆帶了生辰八字前往說親，對方覺得女兒是可以有個婆家了，就接過男方的生辰八字，答允考慮。過了小一陣子，外曾祖父家裡開始漸漸忙起來了，這是雙方聽了算命先生的話，作了聯姻的決定，擇吉準備迎娶。外曾祖母纏足，三寸金蓮使她無法走得穩，不但不能做粗活，連晾衣服都感到困難，因此家裡有一個供他使喚的小丫頭。後來，外曾祖父家道中落，這丫頭也已長大了，便給收起來做我舅公的妻子，外曾祖母另找個女孩做丫頭。大丫頭升為媳婦，卻不能生育，於是這個小丫頭也給收起來，讓我舅公享齊人之福。果然不負所望，我的小舅婆一連為我舅公生了四男一女，這樣的多產，是很少見的。食指浩繁，全家生活擔子，都落在兩位舅婆的肩上，她倆要煮、要洗、更要上山下田、採薪種地，日子過得相當忙碌，相當辛苦。但過去的中國人認為一切都是命中註定的，所以也都幹得無怨無艾；好在她倆都是生在貧苦的家庭，貧家女是沒有福分纏足的，因此耐得起辛勞，幹得來粗活。

外曾祖父母疼女兒，才將我祖母嫁給我祖父。祖父家裡雖不富裕，但是兩村相鄰，兩家相距不到半華里，朝夕都可以探望。

我祖父又是獨生子，家裡雖沒有什麼財產，但卻讀了幾年書，也學得一些武術，在村中開館教幾個蒙童，也教幾個喜歡伸拳踢足的青年習武。所入雖然有限，卻尚足以維持一家兩三口的生活。可憐的是祖父不到三十歲就過世，二十多歲就守寡的祖母，要負起單獨照顧兒子的責任。兒子長大了，還要準備為他們娶媳婦，日子就變得不好過了。家庭的收入，主要是靠幾株龍眼，田地只有三幾分，祖母纏足，不會耕作，只好租人種作，田租很有限。因此，寅吃卯糧，不是罕有的事。青黃不接之時，農家食糧多已告罄，祖母手上幾個子兒也已用光了，往後三餐怎麼辦呢？好在這時已進入夏季，天氣開始熱了，祖母便抱著棉被往鎮上的當舖去，當了幾個錢，供母子倆糊口度日。到了秋天，天涼了，剛好這時龍眼成熟，採收賣出，祖母便帶著錢，到當舖贖回棉被。

　　龍眼，在我們家鄉全縣都叫它做「寶圓」，因為它形圓、值錢，故名。小時候，我曾隨父親到集場賣龍眼，一百市斤賣到二十元，可以買到五百市斤的穀子。祖母只要有三數百斤龍眼的收入，就勉強可以維持一年的生活所費。龍眼如此值錢的原因，是因為龍眼可暖身，也可以使人好眠，所以很多人都焙乾，以稍高的價錢售出，收購的人再運到我國西北地區轉售。西北地區冬天寒冷，有錢人家都會買些補補身體；沒錢的人，有的會向人要了龍眼乾的外殼，帶回家熬湯喝。

　　一九三七年對日戰爭發生，各地交通阻斷，龍眼價格暴跌，一百斤只能換購百多斤穀子。國家受外敵侵凌，人民是很悽慘的！祖母有幸，這時她已長眠地下數十年了，否則，不知將如

何帶著我父親活下去？由於家庭失去支柱，生活貧苦，祖母性情變得暴躁，又由於長年守寡，心裡也有些變態；所以在心中鬱悶時，就會匆匆促促的去外曾祖父家。一到那兒，就是發囉唆，發脾氣，發洩完了，又急急忙忙回來。外曾祖母可憐她，任她盡情發洩。我的母親進門後，就成為她的洩氣筒，母親也纏足，幹不來什麼粗重的工作，隨時都會觸怒祖母，挨她一頓罵，很少看到她的好臉色。有一次，真是出乎母親意料之外，祖母竟然買了一絡紮頭髮的絨線給母親，母親暗自奇怪，心想，也許祖母已不久於人世了。果然，未久祖母就病倒，帶著滿心憂愁離開人世。

　　祖母只生我父親一人，家裡雖窮，還是勉強讓他去讀幾年私塾。那個時代，沒有什麼企業，讀幾年私塾，沒有工作的機會，就跟別人一起出外做工。打零工也只是偶爾才有的機會，因此多數的時間還是閒在家裡。遠近的村人，覺得日子實在過不下去，都設法籌些川資，到海外去謀生。很多人都很順利，在海外辛苦了三幾年，就能回家購置田產或蓋新房子。父親覺得這倒是一個辦法，否則，往後和妻小一家人要怎麼過活？於是和一些親戚做好了聯絡，就隻身去了印尼。

　　父親總算是個有志氣的人，三年時間，讓他在印尼撈到幾文，就心滿意足，很得意地榮歸故鄉。不過，他不是不再出去了，而是也像別的華僑回來置些產業後再去僑居地繼續「發展」。父親在家鄉逗留時間不會很長，得暇就不忘去探望一二至親的人，最常去探望的，是外祖母和外曾祖母。外曾祖父這時已不在世，外曾祖母年事開始高了，心境覺得很寂寞，看到外孫，

就像看到女兒一樣，很是欣慰。她的家境已大不如前，所以喜歡我父親，更大的原因是父親會給她一點小好處。她喜歡吃煎酥糕，父親去看她時，都吩咐說：「外孫呀，你上街時，替我買些煎酥糕回來。錢，你來時，我給你。」

我父親孝順她，照著她的吩咐買些給她；她歡喜地接下，卻沒把錢給我父親。以後我父親去看她，常會自動帶些煎酥糕去。父親生前和一家人談過去的事，說到此事，就會輕輕一笑。

父親自印尼回來，家裡並不是很愉快，因為有一個人跟父親一起回來。那個人是父親在印尼搞婚外情的女人，因此一到家裡，我的母親就勃然大怒，相處很不愉快。那位女人大腹便便，已近產期，父親是帶他回來生育的。但母親不願容留這位女人，父親沒有辦法，只好帶到縣城裡待產。父親並未也住在縣城裡陪她。過了一小陣子，家裡收到自縣城裡寄來的一封信，父親不在家，母親叫我哥哥看信；哥哥剛在私塾讀書，不識信上的字，當然不知信上說些什麼。他倒來倒去看，才看出一個字：女。從這個字，母親知道那女人在縣城裡已生育了，產下的是一個女嬰。

印尼的土著，膚色像台灣的原住民，是暗黑色的。這個成為我異母妹的女嬰，皮肉卻很白，因為他的生母是個「唐人仔」，皮膚相當白晰。什麼叫做「唐人仔」？就是華僑跟土女所生的混血兒。

由於母親的反對和堅持，父親只好將出生未久的女兒送人撫養，那個女人嘛，帶回印尼甩掉，結束了一段孽緣。

陳年舊痕

人生無處不相逢

一九二一年的夏天，我誕生在一個貧苦的農村裡。

那一年，鴉片戰爭後的第八十年，中國在列強帝國主義者屢屢侵略下，門戶洞開，農村早已破產。我們村子裡，十戶九家窮，沒有幾個人不穿補釘的衣服，大家都是赤足，只有在天黑就寢之前，才洗腳，汲木屐。如今回想童年景況，記憶猶新。

小時候，火柴大家不叫火柴，而叫番仔火，在那時之前，大家是用打火石取火。番仔火太方便了，輕輕一擦就著火，於是打火石棄掉不用，家家戶戶都買番仔火來用。大家叫習慣了，到如今，閩台兩地的人，還是叫番仔火，或洋火。

小時候我們村裡還有人在家中搖一架木造織布機，婦女坐上，「卡達卡達」地織布，也不知道織了多少日子，才能織出一匹布來。後來漸漸地不再有人在家中搖著織布機了，因為外來的洋布，比我們自織的成本還低，花色又好看，於是家中的織布機給拆掉，當柴火燒飯用。

小時候，但覺田野景色很好看，處處都是艷麗的花兒在風中搖曳；但那不是供有錢人家點綴客廳的，而是供人買去製鴉片的罌粟花。

當時在我村子裡，還有好些人抽鴉片；有人抽鴉片，當然也就有鴉片館。我家隔壁屋裡，就有兩個長輩抽鴉片，一位因為抽鴉片，耗費相當大，入不敷出，連僅有的一點田產都賣了。所以

終生打光棍，過著有一餐沒一餐的日子，靠的是受雇人家做一些零工度日來過煙癮。沒錢抽鴉片時候，一身乏力，精神萎靡。如果有人雇他做工，他就要求先給他一些工資，去過過鴉片癮；抽了煙就精神百倍，變得孔武有力。

另一位抽鴉片的長輩，會做竹工，也做得很精巧；但他不做的時候多。因為他要橫躺煙榻，一手拖著煙槍，吞煙吐霧，悠然自得的讓時間逝去。他比較聰明，自己抽鴉片，也供同好的人到他僅有的那個房間裡抽鴉片，成為附近的人都知道的鴉片館。他的房間裡雲霧裊裊，香氣不散，能吸引無所事事的煙友停留房間裡擺龍門陣，上天下地，無所不談，日子過得怡然自得。他以賺的錢，供自己抽鴉片，沒心思找老伴，也沒有兒女需要他撫養，這輩子也不需要存錢，所以他不想費時費力的做竹工。

我家這幢老房子，住了五六戶，每戶都只有一兩個房間，擁擠的情形是可以想見的，大家窮苦，卻沒有人染上鴉片癮，算是很好的幾戶人家。在我們屋後的人家，是有人抽鴉片的。有一戶，夫婦兩人已五六十歲，都染上鴉片癮。夫婦兩人相對橫臥榻上，互遞煙槍輪流抽吸，兩人日夜都窩在煙榻上。家當全部都變賣典當光了，只好舉債度日，債主上門討債，都是陪著笑臉，苦苦乞求寬假。煙癮使人失去志氣，更使人變得沒有骨氣，活著時候被人瞧不起，臨終時候也沒有人同情他，可憐？！這是煙癮者的形象，也是當年整體中國人的縮影。

在洋貨和鴉片傾銷下，國家貧弱了，民不聊生了，這比起以武力侵略中國還可怕！

在當時，我的村子裡，看不到新蓋的房子，大家住的都是百年老屋，過著牛馬一般的生活。我們的屋裡，有兩戶畜有耕牛，十分勉強的騰出一個房間晚上關牛；大家養的雞鴨，晚上也都趕到屋裡。家裡有些東西的人，沒有不怕穿鑿之盜的。有道是：「飢寒起盜心」；這有一部份是列強帝國主義者的經濟侵略，另一部份原因則是國人不爭氣，軍閥連年混戰，使得民窮財盡；年輕一點的人，不是去當兵混飯吃，便是鋌而走險，成為寇盜。比較膽小的，就成為三隻手，到處偷雞摸狗。於是社會處處不安，不要外人來滅亡我們，我們也會自己滅亡。

從前我們形容家裡貧窮的一句話是：「家徒四壁」。如今，很多是連四壁也都不是完好的。我們屋子的後進，有一邊牆壁倒了一大半，不知道什麼原因，幾家住戶竟都不過問，讓它留個大缺口。有的屋子不但四面牆壁有傾頹的，連臥室也有穿洞的，這樣的窩當然是不可住的，一些薄田收入也不足以療飢，於是乎戀戀然棄而離去，流浪他鄉。

鎮上附近有座小山，上面有座小小的廟宇，廟公不知去向，住的是幾個乞丐，聽他們的口音，都不是本地人，顯然是其他縣市輾轉而來的。我們村子裡流浪到外鄉去的，有的終身未歸，很可能有的也在異鄉淪落為化子，為了面子問題，不敢也不願回來。村中的人能籌到川資的，主要還是到南洋打天下。有人成功回來，引發其他的人也想去撈幾文。但我們屋子裡幾個到南洋的住戶，除了我父親和兩位堂叔外，其他四五戶子弟都空手回來。有一戶只有母子兩人，兒子頗有志氣，要去碰碰運氣，母親為他

東借西借籌了旅費，他發憤說：「如果不掙到錢，就不回來」。他一去多年，都沒有消息，有人說他還沒有掙到錢；有人說他掙不到錢。又過了一些時候，他的母親病危，去信催他回來，仍然杳無音訊，他的母親忍死要見到兒子最後一面，終究無望，含恨而終。

去南洋空手回來的人，大抵家裡都還有未還清的債務，回來後，吃飯的人多了一個，家庭就變得更苦，有句俗語：「貧賤夫妻百事哀」，可以稍加更改，來形容這樣的一家人：「貧窮家庭百事哀」，這樣的人家幾乎是天天吵鬧。上一代人苛責下一代人沒志氣、沒本領；下一代都是壯年的人了，卻還沒有妻室，他們便埋怨上一代人不為他們成家，不盡做父母的責任，這真的是令人扼腕的事。

有一戶我們的近親，一家祖孫三代，一共五人。老祖母纏足，年紀很大了，還要坐在織布機前織布，後來大家都買洋製衣，沒人要土布，她不再織布了。她早已失去丈夫，兒子也死了。媳婦帶三個子女，還要養婆婆，雖然她是天足，這麼沉重的生活擔子，實在挑不起。一個女兒算已大了，她就指望女兒能為她一家人扭轉命運。那個時代普遍流行嫁娶收聘金，因此她希望女兒及早有個婆家，天天希望有媒婆上門。媒婆終於上門了，在兩家往返走了幾趟，線牽成了。

女兒嫁出了，總算是「鯉魚出大溪」了，因為對方是個華僑子弟。這個子弟婚後不久，也到南洋，在他父親身邊學習謀生的一些本領。在我們鎮上遠近一些村莊的風氣，都相當勤儉，這個

子弟也沒有什麼壞習性，很快地就學會了「番話」，也會跟土著作些小買賣，終而能自立營生，於是將妻子接到南洋。

做母親的人當然是很高興的了。但她有個打算，就是想憑這點，讓大兒子也去南洋依附親戚賺個生活費用。可是去南洋，並不是人人都能掙到錢。一些時間過去了，做母親的失望了，兒子空手去南洋，也空手回家鄉了。

這一來，家裡更苦了。老祖母首先支撐不下了，他先是患白內障，那時沒有西醫，即使有，她也沒錢能治療，於是失明了，接著因營養不良死亡。媳婦已上了年紀，也被病困住了；小兒子患鼓脹的病，沒錢看醫生。母子唁天搶地，終日哀哭。大兒子束手無策，索性離開家庭，到外面混吃。左鄰右舍自顧不暇，誰都無伸出援手。

過了一陣子，女兒從南洋歸來，回到娘家探望。但娘家三代，這時已不存一個人，她放聲大哭，大家聽了，也都悽然欲泣，但都不敢過來安慰！

這是列強帝國主義者強加給中國人民悽慘的命運！

中國農村的人民，就是這樣離散，這樣的消滅！我有一位堂叔，在少年時代就從家鄉消失。他和我父親年齡相近，是小時候的玩伴。後來我父親去南洋謀生，在印尼奇蹟地和他相遇。他鄉相逢恍如隔世，自然十分高興。他在故鄉消失後，一個人溜到台灣，他也不知是怎麼搞的，糊里糊塗變成日本人。台灣也不是容易謀生，所以他又漂流到印尼來。在印尼，也不是很好混的，他只好做小本生意，用一只木製箱子繫牢自行車後

面，載一些針線等小東西到各地販售。他在台灣成家，妻小都住在台灣的宜蘭。

這天地實在並不大，因此有句俗語說：「人生無處不相逢」。我到台灣三幾年後，有一次上台北，和長兄在街上遇到堂叔的一個在銀行工作的兒子，大家相見，都很驚喜。他很高興聽到我告訴他一些故鄉的事情，他聽來都覺得很新奇；但他父親已過世，自己不可能回大陸探望故鄉情形，現在我們都已八十以上的人了，和故鄉宗族的關係可能從此天南地北的斷了線。

印尼二年

父親再度去印尼，答應我母親和身邊的一個外籍女性分手。因此，他去南洋也還是帶著那個女人一起走的。她所生的女兒，已送人撫養了，她內心的痛苦難過，是可以想知的。世間的一些男人，佔盡女人的便宜，令女人傷透心！

到了印尼，父親和那位女性協商好了，兩人難分難捨的分手了。母親得了確實的消息，決定攜我去依父親生活，以防再度生變。那年我五歲，我的哥哥也才只有十一歲，託我一位叔公照顧，在他設的私塾讀書。

我們和母親的堂弟同行，一路由他照顧我們母子兩人。這一趟遠行是在廈門上船的。輪船在太平洋海上航行了七日夜，才到達巴達維亞。我們買的是通船票，記憶中，好像是睡地板。母親一路暈船，嘔吐不停；我則沒有什麼感覺。海面上全無所見，只在快到印尼時，才看到一兩隻飛鳥。

父親已先在碼頭等候我們，母親當然高興；但多日暈船，使她面無表情。我是個懵懂無知的小孩，只驚異於異國的情調。

父親帶我和母親去他僑居地時，我第一次看到汽車，第一次坐上了汽車，第一次在長遠的馬路上奔馳，第一次我才有的驚喜心情。

這兒不是我們的中國，這兒的人說的話我聽不懂，這兒的人皮膚比我們黑得多，這些個的不同，讓我想起在老遠之外的老

家,有時會聽到一個詞兒:「番仔」。於是我懂了:這兒的人就是老家的人說的「番仔」。父親能和番仔說話,彼此溝通無礙,於是我知道了:父親會講番仔話。

我們到了父親的僑居地了,這是個小鎮,地名叫做芝安石。父親住的房子,是兩三個人合租的,每人一個房間,廚房共用,客廳共用。房東不可能是土著,因為她們不可能有財力蓋房子租人,但我也不知道這房子是華僑的,或是荷蘭人的,因為我沒有看到來收房租的人。

這是一棟單獨建築的房子,如今回想起來,覺得很別緻,沒有大門,客廳也是敞露的,只有房間有門。但是不會遭小偷,因為土著沒有什麼慾望,吃飯沒有問題,也就不想要其他什麼的了。他們生活很簡單,吃飯不用筷子,也不用調羹,他們兩隻手各有專用,一隻用來抓飯吃,一隻用來大便後洗屁股。他們沒有廁所,隨便跨在小溝上拉,拉完,一隻手從溝中舀上水,洗一洗屁股。這和馬來西亞土著的情形一樣。

土著和華僑有一點金錢上往來的,彼此都很有感情。華僑在印尼,也都是過我們的農曆年,土著耳濡目染,日久之後,便也在新春元旦和華僑一起熱鬧起來。他們也懂得向華僑送年禮;水果是他們家家戶戶都有的產物,他們都會在過年時候送些來。但他們在華僑面前,自卑感都很重,送來年禮時,就蹲在一邊牆角;華僑都給他們一個紅包,然後賓主盡歡,收下紅包,高高興興的離去。

　　土著沒有數字觀念，連自己是幾歲？都不知道。但他們也迷信，有人懂巫術，會起乩。兒子在童年時，都要擇日為其割除包皮，時間是在夜間。這是一樁重大的事情，家庭都會慎重其事。像近年印尼發生的反華活動，在當年是絕對不會發生的。現在土著好像比從前知道很多事情，仇視我們華僑，原因是日本對我們做不利的宣傳，受到他們的挑撥離間；另一方面，華僑當然也有過份苛待土著的，過份盤剝土著的，加上不同族群的關係，發生小小的摩擦，就會引發嚴重的衝突。華僑在印尼歷史太久了，大家當然不能說沒有賺取印尼人的錢，但對印尼及其人民貢獻之大，也是不可抹滅的，如果華僑撤出，印尼人的經濟生活就不堪設想。

　　我父親在印尼，最初是販了三幾匹花布，放在肩上，帶一把尺和剪刀，到附近各地向土著婦女兜售。土著婦女不穿褲子，用一塊織有花色的布圍在下身，他們叫這樣的一塊布做「紗龍」。婦女喜歡常換用紗龍，可是他們不知積蓄，經常是身上一文不名，而兜售紗龍的人一到，就想買。一些華僑就想出個分日付還的辦法：每日還一點兒，到還完為止。他們覺得這樣還很輕鬆。她們不但沒有數字觀念，也沒有時間觀念。還到一個時間，她們會問售貨人還完了沒有？販售人說：還沒有還完。於是繼續還下去，有的便成為還不完的債。

　　父親賺了一些錢，就買了腳踏車做交通工具和載布用，於是「生意」也做大了。這是父親第一次到印尼謀生的情形。父親算了一下，賺到的錢，大約可以買三幾畝田地和幾株龍眼，於是興起回唐山──祖國的念頭。

　　到印尼，不見得就能賺到錢。在那兒，沒有工可做，大多是求援於親友。但親友的援助也是很有限的，憑那點兒援助要闖出天下來是不容易的。於是到印尼的人，大多是做些小生意，像炸油條、製豆腐、賣餛飩湯等，這樣的小生意，主顧也只是一些華僑，不見得能掙到什麼錢。有人倒是做這種小生意發財的，但那是得到下代子弟的助力，能開店，做大買賣，這樣的人無多。我的舅父，得到我父親的援引，兩度去印尼，都撈不到油水，空手而返。

　　人性好賭。在印尼，華僑照樣聚賭，我父親喜歡涉足賭場，我母親早有所聞。有一次，我母親查知父親賭的地方，帶著我，悄悄去到那賭窟。敲門進去，父親卻不在場；但那地方的後牆有一道門，父親可能是聞聲已從那道門溜走。母親這次帶我去印尼，對父親有大幫助，因為他帶我母親與我返國，能買田產，也能蓋房子，引起識與不識的人側目，是得力於母親對於金錢的看守和管理。有人說，我父親的錢，大部分是賭博贏的。我父親好賭是事實，但我母親去了印尼後，監視很嚴不太可能有很多的機會混跡賭場。

　　芝安石的華僑，似乎並不很多，這個事情，是我如今從當時的學生人數去推測的。我在那兒，父親送我去上過華僑小學，這間學校，只有一個班，也只有一位老師，學童寥寥無幾。記憶中，我當時是不會讀書的，老師教的，我聽得莫名其妙。不數日，學校附近發生一宗車禍，那是我往返學校必經之路，父母親

怕了，就不讓我再上學去。由於學校沒有幾個學生，所以我推斷這個地方沒有多少華人。

父親沒有帶我去過別的城市。有個堂叔有一次去萬隆，父母親答應讓他帶我一起去。印象中，萬隆的同鄉比較多，氣候好像涼爽些，住處前面有水果攤，不記得老闆是華人，抑是印尼人。說起水果，種類實在多，我們住在台灣，覺得水果種類夠多了，但台灣有的水果，印尼也都有；印尼有的水果，台灣卻不一定有。比如說，現在台灣水果攤的榴槤，就不是台灣有的，而是自泰國空運進口的。但泰國的榴槤，不如印尼的香，比印尼的小了些。這種水果重約三四市斤，外殼有刺，人不可以上樹採摘，否則會被刺重傷；那要怎麼採摘呢？原來這種果實到了成熟時，自己會從樹上掉下來，掉下來的時間都在晚上，所以能不傷到人。

我在印尼兩年，每天都沖水，這是因為那兒沒有氣候的變化，終年都是熱天。生活在那個國度的人，不必準備一年四季的衣服。天氣很好，天空烏雲一攏來，不一會，雨便落下來。不多久，雨便收了，又是一片晴空。印尼人也不瞭解什麼叫做「春雨」、「夏雨」、「秋雨」，他們更沒有「淫雨」這個語詞。

在印尼，我沒有玩伴，大多數時間是自尋其樂。我常坐在廳中一張安樂椅上，前後搖動，很是安舒。有一件使我生活中覺得快樂的事，那就是父母親有時候會在晚飯後帶我去看電影。電影，在那時還是新潮玩意兒，在家鄉是看不到的。但那時的電影，還只是黑白片，也是啞片，當然也更談不上有字幕。我只著迷於卡通片，別的片子看不懂，常常是坐在位子上睡覺。

　　父親帶母親和我要回唐山的故鄉了。這趟買的船票是二等艙，有我們自己的一個房間。母親依然會暈船，不過比上次來時輕些。船上的三餐好像都是稀飯，佐菜是鹹蛋和罐頭。對當時的我來說，是好飯菜。

　　船到香港，泊了下來，為的是旅客上船和下船，與裝卸貨物。我不知道是否停泊在現在的深水灣，我沒有眺望岸上的情形，但晚上隔著圓形小窗口的厚玻璃望出去，看到一座小山，兩端和中間隆起的山頂，都有一個燈光，像是天邊的三顆大星星一樣。

　　船上的旅客得知舉世聞名的藝人梅蘭芳在香港演出，很多都下船觀看去；這是難得的機會，父親也和其他的旅客一樣，趁機會下船去觀賞，母親和我留在船上。如今想起來梅蘭芳是個很可敬的演唱人員，這不是指他在演唱方面的成就，而是指他在對日戰爭發生後，上海陷敵，他留起鬍鬚，決意不再演唱；等到全面解放，他才剃去已蓄了多年的鬍鬚，到部隊演唱勞軍。這是一種令人欽敬的愛國精神的表現！也是值得台灣一些意圖勾結日本某些人士、支持其搞分裂的愚妄份子，好好地做一個深思。

悲涼歲月

　　母親和我在印尼住了兩年，父親就帶我們返國。父親在印尼還有一些客戶的帳，一時還不能收清，就急著要返國，主要是想在故鄉建造住屋。因為我們的百年老屋，實在太破舊了，一家四五個人，也才只有兩個光線不足的小房間，所以父親決定先返國把未來住的問題做個解決。

　　我的曾祖父生前開油坊和染坊，會賺錢，卻也會花錢，因此，死後只留下幾畝田地，十來株龍眼，和一棟大房子；油坊已停產，染坊也賣了。他有三個兒子，上面兩個都早死，我不認識，也不知道我的祖父是長子還是次子。我三叔公是螟蛉子，只分到大房子的一個房間；我祖父卻連一個房間都沒分到，我不知道原因是什麼？

　　三叔公生兩子，上面兩位兄長都只生一子。除三叔公的小兒子外，三個堂兄弟都到印尼謀生；但三人中，有些成就的，只有我父親。印尼華僑社會，和國內沒有什麼大不同，除了沒有煙館外，私下賭博、嫖娼地方也都有。我二叔由於家產多，家裡妻兒無憂衣食，所以養成遊手好閒、不事生產的習慣；他大部分時間，就是消磨在那些玩樂的地方。沒有錢，也無處可借時，就不遠千里，來向我父親告貸。當然不只借貸一次，於是積少成多，終於欠了我父親一大筆無法還得起的錢。他在大房子裡，除了有幾個房間外，還有一座在東側貼牆而搭的「附厝」。三叔公便

建議我父親，把「附厝」買下來拆掉，建新屋，價款抵二叔的欠債；三家親人住在一處，也可就近互相照顧。我父親想一想，覺得三叔公的建議有道理，於是接受了。

「附厝」本來是租給三叔公開私塾，教幾個學童的，三叔公居然願意退租，不再教書。我父親以為是印尼未收清的帳，交由他的兒子代收，給他兒子一些好處而向我父親做的報答。於是我父親隨即鳩工進行築屋工程。

當工程開始進行時，印尼傳來三叔公兒子死亡的消息，不知三叔公是否有什麼企圖和預謀，竟揚言他兒子是為我父親收帳而死的。同時慈惠二嬸否認在印尼的二叔願意把「附厝」售我父親，以抵償欠債，聯合阻擋我們築屋工程的進行。我父親十分氣憤，雙方發生爭執。父親回來和我母親說起，餘怒猶在。但為了避免將來經常生事，成為世仇，乃決定另行擇地建屋。

新居蓋好了，地點是在離村子一里之遙的鎮上；費用似乎超出了預算很不少。這使我父親再往印尼謀生感到十分窘困，因為家裡已沒錢可以帶去做資本，委託三叔代收印尼的帳，一部份被用掉，一部份三嬸不認帳，不肯歸還。三叔怎麼用掉一部份代收的帳款呢？俗語說：「飽暖思淫欲」，他手上有了錢，雖然三嬸也在印尼，卻還時時有「七年之癢」，喜歡秘密上娼妓所在的地方泡妞。結果為自己帶來痛苦，他染上了性病。那時還沒有「六〇六」這種治癒性病的藥劑，結果把一條命賠掉了。這就是三叔公藉口是代我父親收帳而死的理由。

　　我祖父雖然教書，也教國術；但由於早死，沒有教給我父親什麼，因此我父親既不能文也不能武。父親不曾種過田，稼穡一事，不甚了然。如果他留在家裡，靠一些薄產，是無法養活妻兒的。因此決計再行南渡印尼，重創生業。返國時，他買了一個留聲機帶回來，過年過節的晚間，在老房子廳中旋緊發條，放上唱片，左鄰右舍的人，都聞聲移步來聽，大家歡樂一陣子。那時的留聲機，還要插上一個喇叭。父親在無法可施之下，連這個留聲機也帶去印尼變賣湊用。

　　父親在原來的僑居地失去了客戶，生意無法再做起來，便轉去萬隆，因為那兒有一些鄉親，他想也許能獲得一些幫助，打出困境。但現實是無情的，父親再怎麼努力，也沒法起死回生，意志漸漸消沈下去。更糟的是，這時父親卻和一個土著女傭有感情，進而同居生子，於是生活的艱難，愈來愈甚。父親境況如此，使一些鄉親對他越來越疏遠，而父親也愈益需要感情的溫慰，因此他愈覺對同居人的需要。然而一家三口的生活費用，令父親無法負擔起來，一些鄉親對他也很冷漠，日子過得很痛苦，遂萌返國之念。但這也已不是他能單獨決定的事。母親知道了這些情形後，委託一位鄉人協助父親返國。

　　父親在海外歷經艱難和辛酸，終於在這位熱心的鄉人協助下，回到國內的家裡了。父親在返國時，已與同居的印尼女人談好分手，二人所生的四歲男孩由父親攜帶回國。此外，沒有大件小件的行李，完全不似一個有些積蓄的華僑歸國。父親精神頹唐，每天都是一副喪志的表情，我看了很難過，家庭很少有歡

樂的氣氛。我母親有個大概出生沒有幾天就被偷抱出來販賣的養女，母親因為只生我兄弟二人，未生女兒，所以對這個養女，非常喜歡，視如己出。而看到我的異母弟，就一臉不高興的樣子。我父親見了，心裡很不高興，看到養女，也是一臉不高興的樣子。兩人常常為此發生齟齬。我們兄弟倆，處此境地，不好採取什麼態度，顯得很尷尬。養妹很可憐，自幼不知誰是她的父母，到如今，都已六十多歲了，還無法知道，不能和她的兒女說明白。這應該是她一生中最大的遺憾！

　　我們異母弟到了五十歲左右，還沒有忘記他的生母，有一次寫信到台灣給我，請求我為他尋找生母。他的生母住在印尼，只有我父親知道她的住址，然而我的父親早已過世，人海茫茫，我要到哪裡去替他尋找呢？想起他和生母離散時，只有四歲，還不懂事，還不知道離開母親的痛苦；但他的生母呢？眼見著兒子被丈夫帶走，從此無法重聚，那種失去幼小兒子的痛苦，世界上有哪一個為人母親的人能忍受得了呢？這是誰之過？想一想吧，天下的男人！

　　異母弟來到國內，人地生疏，小小的心靈每日都是驚恐的。因此一天到晚都是跟在父親身邊，他沒有玩伴，也不找我的妹妹玩，孤孤單單，看起來怪可憐的。我的父母親在同一年去世，兩人都才只有五十一二歲，不能說是老了，應當走了；兩人實在是死於貧窮，死於缺錢醫療。母親比父親早七八個月去世。我在去鄉一百多里路的仙游縣讀書，已近畢業考，病危時，母親強忍著死，要見我一面，家裡的人不敢通知我，結果非常痛苦地離開人

世了！母親最牽掛的，是她不在人世間，不知何時我才能成家？因為我的元配也在那年先我母親含恨而逝。她身上有幾錢金首飾，秘而不宣，不拿出來醫病，要留著為我續絃，最終是無法如她願了！她藏在口袋裡的那一點點金飾，後來變賣了，用於為她殯葬的事上。

父親是母親去世後，家裡最可憐的一個人。因為大哥失業，出去謀事，常常不在家，而我在外面讀書，還有月餘日才能畢業回家；家裡不能使他獲得半點的溫慰，於是他便拖著腳面有潰瘍的兩足，到屋前屋後或大家都已出去工作的左右屋舍走一走，又無言地回到家裡待下來，休息一會，又出去兜一兜。等到我畢業回來，我們父子也是相對無言。未久，我去閩侯縣主持一所小學，父親又是過著孤單、悲涼的日子。這年臘月下旬，我接到一位親戚的信，說我父親病重，要我馬上回家。我提前兩天放寒假回家。到家時，父親僵臥床上，已不能反側。我立刻到鎮上請一位西醫來診療，但醫師表示已不可救治。

父親病後，家裡沒錢，根本就沒有就醫，一直任由病魔折磨。這年抗戰勝利，哥哥去了台灣，進入《新生報》擔任秘書。這是官方的報紙，依當時規定，大陸來台工作人員，都有一份安家費，每月由公家代為匯往各人家裡。但錢匯到上海，就被陳儀派駐上海的人員壓下，因此自始至終，我們家裡也和別人一樣，沒有接到分文所謂的安家費。因此父親有病，無力看醫生。此刻，醫生走後，父親若有所懸慮的問我：「你賺了多少回來？」我告訴了他，他欣慰的說：「這很不少。」父親久已不買東西，

不知道物價波動的情形。就在這夜深更，父親咽氣了。我的錢其實不夠辦理喪事。天亮後，我匆匆跑去向一位老師借些錢，才以最簡單的方法草草殮葬。

無題

　　童年時代，故鄉各地都有幾個華僑，在海外經商賺了錢，返鄉蓋新屋。但房子蓋好了，也有不少人不敢住，又去了僑居地，繼續做生意，有的還是舉家遷出去，終生未返鄉，為什麼？因為他們有些錢，成為土匪的獵物。

　　那時候，新舊軍閥混戰，一個小小的城鎮，不可能經常駐有軍隊維持地方治安，於是處處盜匪為患，百姓驚恐莫名，不可安居。股匪之大者，會被收編，成為維持地方安寧的團隊。我的那個縣，收編後由仙遊縣的一股土匪駐守。他們沒有軍營，也不進駐廟宇，而隨隨便便進駐民間新居，成為食民糧、用民財的苛擾百姓的雜牌軍。

　　他們占住民房，主要目的是要錢，敲老百姓的竹槓。你給他一些合乎他們要求數目的錢，他們會很快地拔營，開到另一座新的民居去。這樣的雜牌軍，一隊裡都有一兩個生病的，屋主怕他們死在屋裡，大都願意給錢讓其開到別處。

　　一天早上，我正準備上學，走到大門口，一隻軍隊卻向我家開來。我愣住了，眼巴巴地看著他們走進屋裡，登堂入室。到了樓上，就打地舖，這是準備在我家駐下來的，我們一家老少四五個人，被趕進兩個房間去。屋裡被鬧得亂哄哄的，我們一家人驚恐萬分，不知如何是好。第二天，我母親要我哥哥去找他的一位老師問計。那位老師在小鎮上蠻有些小名氣，但他到底只是小學

一名教書匠，能向他問出什麼「計」呢？他只說：「給他們一些錢，讓他們走開，算了。」後來我們就照這話籌了一筆錢，讓這支雜牌軍離去。

那時候，北洋軍閥已不存在了，但卻出現了新軍閥，蔣介石也是個擁兵自重的新軍閥。福建是他控制的南京政府的地盤，他將可用的兵都調去打內戰，福建只用收編的股匪駐守。很多地方此類匪軍都有虐民情形。我們的縣也有一個鎮駐有同一番號的匪軍，而那地方民風比較驃悍，表面裝成要慰勞他們，辦酒席宴請他們，而暗中相約每席半桌坐匪軍，半桌坐地方上精壯人士。入席前匪軍將槍枝收集放在一處。待酒過三巡，匪軍都有些熏熏然，欲醉時，各席人馬趁其不備，同時突襲身邊匪軍，打得他們落花流水，跪地求饒，從此一縣此類匪軍遁匿無蹤，地方安寧。數年之後，我去仙游讀書，有一次到離校不遠處去爬山，遇到一位頗為面善的樵夫，他也對我笑笑點頭，於是我們談話了，這才知道他原來就是多年前駐我故鄉的一名匪軍排長。我有位嫁到仙游的姨媽，那時回漁溪居住，這位過氣排長在漁溪時，利用我已經過世的姨丈同鄉的關係，常去看望我姨媽，我就是這樣認識他的。當時他一副戎裝，腰間掛著一把指揮刀，好不威風。如今在我面前的他，頭戴笠子，足踏草鞋，衣衫不整，恢復成為匪軍以前卑賤的神態，令我感到有些不太相信。

匪軍的費用是由「中央」撥給的，當然那是不足用的，這就要自行籌措了。開源最方便的辦法，就是讓百姓賭博，從中抽稅。於是地方上的土劣就聯手出面繳錢包賭，做起莊家。當時賭

的是古時的「花會」。這賭法，現在青壯年人已不知道。那是三十二片布塊，每片畫一個人像，以古人名字名之。每日以一片捲起，高高懸在牆上，由人押注，定時開捲，押中的人，莊家賠給三十倍。全鎮遠近，無論男女，大多為之瘋狂，紛紛押注。每日上午前往觀看開出的花會，令遠近的人，農者忘其耕，工者忘其作，商者忘其賈。花會一開出，全場突然爆出沸騰的人聲。人群裡的人，不知有多少歡樂？多少愁？

有一天，一個候看花會開出的婦女，等到花會開出，忽地像醒來一樣，記起放在家裡的嬰兒吃奶時間已過，拔腿跑出，趕回一二哩路的家裡。哪知到家一看，只見搖籃翻倒地上，嬰兒不見了，地面留著一堆血灘，一些碎布片，自外面進來的一隻肥豬，仍留著不離去。原來牠就是造成這案件的兇手。牠在門外徘徊不去，等著女主人餵牠吃料，但女主人卻久久未歸；門內躺在搖籃裡的嬰兒，也餓得哇哇而哭。肥豬餓昏了，聽到裡面嬰兒的哭聲，就以他肥厚的嘴巴推開了門，尋聲而進，推翻了搖籃，大快朵頤。此刻已無嬰兒哭聲，地上留著一堆血灘，一些布片。那婦人趕到家裡，但一切都已太遲了，見狀大哭……。

廣東系的十九路軍，在淞滬對日停戰後，開到我們福建駐防，肅清各地零星匪類，歹徒聞風走避，不敢像過去一樣的囂張。但他們不知好歹，以為只要安份在家，潛伏一時，就可以既往不咎，不致有事。我村子裡有個宗親，兒子在印尼經商，頗有成就，深恐為土匪垂涎，成為被劫掠對象，便由媒人撮合，把一個養女嫁與一個匪類為妻，以為有此關係，就可以保得家裡平

安。吉日到了，養女盛裝，坐了紅轎過去；拜過天地，喜宴正要開動時候，十九路軍的便衣人員，突然自屋後掩至，新郎立刻成為階下囚，全屋騷然，賓客驚恐。新郎被擒出，押到我們學校禮堂，兩手向後綁著，吊到半空鞭打，取得了口供，第二天就被押赴刑場正法。這個匪徒，被沿街押走，背後幾把號聲悽厲，早已把他嚇得魂飛魄散，無法走路，兩旁士兵只得挾著他推著走。到了刑場，讓他跪下，背後的劊子手，亮出大刀，猛的一刀過去，首級隨著向前飛去，劊子手轉身欲走，大概是忽然想起這個罪惡深重的土匪，居然還想成親，一時怒上心頭，隨又返身走向屍體旁邊，從其身上衣服撕下一片布塊，抓住下體那根肉柱，一刀割下棄掉，這才又轉身走了。

十九路軍駐防我們鎮上，除嚴辦土豪劣紳和肅清匪類外，對社會習俗也做了一些革新。有一個租住我房子的劣紳，一天上午，有三四個便衣人員到我屋裡來找他，要他到他們部隊一趟。此人相當機警，口上答：「好、好。」一面又說：「請你們稍等一下，我進房穿件衣服就走。」其實，他已看出苗頭很不對，進去後，就從後門逃之夭夭。那兩三個便衣人員，久候不出，知道已被脫逃，也就作罷。

但十九路軍的作法，也有過當的地方。有個人方自海外歸來未久，被檢舉與土匪有關係，於是被捕了，但問不出口供，也查不出事實與證據，可以讓他找人作保釋回。但十九路軍作風嚴厲，親友沒有人敢出面為他作保，結果就被槍決，做了冤死鬼。

在我們鎮上街頭有一座「文武祠」，建築寬宏，迎神賽會酬神，都在那裡演戲，門前也很寬廣。平時一位婦女利用這兒做麵食的生意，由於售價公道，生意很好，老闆娘從早上七八點，一直要忙到十一二點。十九路軍為了要婦女工作方便，講求清潔衛生，宣傳梳髮髻的婦女頭髮要剪短。可是效果不佳，一般婦女照樣要梳髮髻，十九路軍便派出便衣人員，帶著利剪，強行剪去髮髻，兩三個便衣人員選到「文武祠」門前麵攤，趁生意忙碌時候，擠過老闆娘身邊，拿出利剪，一下子就將髮髻剪落；老闆娘覺得有顧客碰到她的後腦杓，伸手向髮髻一按，髮髻不在了，俯首一看，髮髻落在地上，她轉首一看，那兩三張生臉孔的人，知道是他們幹的好事，忽地漲紅了臉，怒不可遏地破口大罵：「短命！……短命你！」十九路軍都是廣東人，聽不懂當地的方言，沒有反應，兀自揚長而去。街上行人和麵攤客見了，嘩然大笑。

不久，十九路軍在福建成立「人民政府」，和蔣介石決裂，雙方打了起來，福建成為戰場。蔣介石親自到福建的浦城督戰，就像宋真宗御駕親征一樣；但宋真宗是打入侵我國的契丹族，蔣介石不是征侵入我國的日本太和族，而是攻擊我們英勇抗日的同胞十九路軍！蔣介石對十九路軍在上海抗日，不派飛機支援，而在福建對付十九路軍，卻派出三架轟炸機助戰，使十九路軍無法支持，迅速地潰不成軍。

十九路軍沿福（州）廈（門）路潰退，有的官兵在無法可想的情形下，逃入民家，脫下軍服，以槍枝向老百姓換一襲舊衣服

穿上逃亡。那種狼狽情形，蔣幫看了，自會竊竊自喜，自鳴得意；但在痛恨外敵侵略的愛國同胞見了，卻是非常痛心！

　　台灣有個被蔣黨特務羅織入獄，受到以子彈夾手指的毒刑，罹了七年之久的牢獄之災的作家，說蔣黨內鬥內行，外鬥外行。這話似是而非。應當說是蔣幫勇於對內，怯於對外，所以為國人唾棄，被趕到孤島－台灣。

小鎮風雲

　　我的故鄉，位於福（州）廈（門）公路上，它不是什麼富庶之區，卻是古今交通的要衝。六十多年前對日本抗戰時期，這條公路全線破壞，柔腸寸斷，仍然是南北商旅必經之地。

　　故鄉，一面臨海，三面環山，自然的條件，限制了它的發展，加以面積狹小，居民生活的困苦，是可以想知的。但「窮則變，變則通」，許多人在艱難困苦中，就利用陸路、海路的方便，或翻山越嶺，或漂洋過海，到海外異域；或出賣勞力，或販有輸無，一生努力勤奮，大都能夠有些積蓄。他們不忘故鄉手足同胞，也都會匯些餘錢回鄉，濟助親故。就以我這一代的人來說，童年時期的一些玩伴、同學、朋友，也有許多由其親人戚友援引去國謀生。我老年多次返鄉探親，都沒有看到這些人，顯然他們很多是遺下故鄉，不能回來了。

　　故鄉，好多村莊的居民，生活過得比其他地區的人好，就是因為有居留異國的親戚，匯款回來濟助的原因。

　　故鄉，鎮上雖只有一條街道，但每天上午，行人擁擠，舖子裡的商人也相當忙碌；使我們的市鎮顯得很有繁榮的景氣，這都是得力於僑款的匯回。

　　商賈是最大獲利的人，他們遂引起土匪的矚目。在一個風高月黑的夜晚，一股來自南部的山匪，如入無人之境，來到我們的鎮上「洗街」。整條街兩三百家店舖，都被侵入搶劫，無一倖免。

銀錢珠寶之外，布匹什貨等，也不留下。估計這夥匪徒，總有數十人之眾，否則無法搬走那麼多東西。土匪對鎮上一定經過調查，了解得很清楚，他們知道沒有駐軍，沒有保安團隊，才敢從容進出鎮上。他們除了搶掠金銀珠寶和貨物外，沒有擄人勒贖。

我們鎮上是交通要衝地方，為什麼當時的蔣介石沒有派兵駐防？答案是：蔣介石忙，手上也無兵可派。蔣介石忙於打內戰，兵都調去充砲灰。

這件土匪洗劫的事過去了，大家心有餘驚，商議亡羊補牢的辦法。大家商定由各店家出資，在各巷道裝設重門，夜晚關閉以防土匪再度侵入。這是掩耳盜鈴，不可能防止土匪再次入侵，因為街頭街尾兩處通道，不能裝置重門禁人出入，土匪如再來，照樣可以入侵，只是出入不能像以前的方便。所以後來又有土匪入侵的事件發生。

後來入侵鎮上的，只是窮鄉僻壤一些頑劣無知的青年，受到一位受過初中教育的人煽惑，一起到鎮上打劫。他們以為偶爾串演土匪不會怎麼樣，上次土匪「洗街」，還不是個個都無事嗎？於是大家跟著讀過書的老大去。這位老大實際目的不是在劫財，而是在劫色。他搶劫的目標是一家中藥房，這家藥鋪的老闆是福州人，有個女兒，亭亭玉立，待嫁閨中，那個「老大」，為之顛倒，單戀很久。他家境並非太差，只因為家在僻遠地區，自忖縱使央媒前往說親，也會被拒之千里之外。可他無法忘懷這位意中人那種欲笑還休的神情，婀娜有致的身姿，他暗戀到最後，心一橫，決定「不能占有其人，也要剽取其色」。

　　大計已定，便邀那幾個小頑劣計議搶劫，當然他並沒有將自己所想的告訴大家。

　　巷道架設的門有什麼用？他們在黑夜中憑著勇壯的體力，很快地就把它破壞拆除。進入藥鋪也不費什麼功夫，幾個小頑劣被吩咐在樓下和樓上前半截搜尋財物，老大和老闆低聲交談了兩句，就走向後樓去。老闆早已嚇得全身發抖，十分合作地將老大想知道的都交代清楚。殺千刀的老大，於得志後出來，要幾個小頑劣一起離開。藥鋪財物損失有限，這幾個匪類無懼有軍隊到來，所以他們只是搜索竊取，沒有什麼大動作，對街坊也不驚擾，好像當夜沒有什麼人知道發生這樁事。

　　第二天天亮後，全街的人才知道昨夜發生的事情。但大家談論的，似乎主要不是強劫財物方面的事，而是店中的人遭遇的事。鎮民對安全不能得到保障，都很無奈。

　　鎮民安全都沒有得到保障，還有更嚴重的情形出現，那就是暗殺。小鎮沒有政治爭執，所以暗殺問題，只是地方人士的情緒性引發的。我們鎮上，和全國其他任何一個地方一樣，一個村莊，村民都是同一個姓，就是同一個宗族。各個村莊，並不是都能和諧相處，沒有齟齬的，所以偶爾也會有宗族與宗族間械鬥的事發生，但打後憤憤不平幾天，也就沒事了。可是有一次，一個大姓－人口眾多的巨族的一個土霸，恃強欺弱，不只欺壓一個小姓的族人，因此引起公憤。有個擔任鄉村小學校長，也是個小姓的人，便出而聯合諸小姓村人，起而反抗，使那位大土霸不敢再囂張。

但過了一段時間，這位村小學校長，在一天回家途中突被人槍殺，兇手逃逸。不過兇手是誰？很快就被學校同事猜出。那天案發之前，有個過去經常跟隨這位校長的人，來到學校，他對校長說，有人有事找校長，現在校長家裡等校長。這位校長信以為真，反正此刻學校也沒有什麼事，做了些交代，便離校回家。那位來人也跟著出去，走在校長的背後。走到田野，四望無人，那個人拔出預藏身上的手槍，從背後向校長開了兩槍，校長倒下，他逃逸。

這件槍殺案經過情形如此，所以校內外人士都能立即想知兇嫌是誰。但有個疑問是，校長一向信任那個人，一向對待那個人也不薄，為什麼竟會槍殺校長呢？大家對這個疑問，久久無法破解。

後來此案久懸不破，兇手也無線索可以緝獲，而那個土霸竟也無緣無故自小鎮失蹤。於是大家才想起土霸和校長結怨的事，懷疑那個人可能是這個土霸收買的兇手。未久，土霸成為海匪，四處擄人勒贖，鎮上的人無不知道，大家對此案發生的前前後後，大都能夠了然於心。這位土霸在對日發生戰爭後，在海上來去游移，成為蔣軍和日寇都在拉拔的對象。他腳踩兩條船，後來終為國民黨的戴姓大特務所掌控，送到後方受訓。一些時候，便成為蔣介石手下一名掛四線一星的將領，衣錦榮歸小鎮一趟。鎮民見了，無論他是匪是官，大家都害怕。他在海上為寇的時候，我就曾被他手下的嘍囉綁架，在海上漂流將近一年，被勒索一筆錢，才釋回。

　　村小學校長被刺，是全縣的大新聞，在小鎮則是一樁令人驚心動魄的大慘案。案發後，由於兇手逍遙法外，無法緝獲歸案，加以幕後買兇的土霸，成為海上匪酋，大家都不太願意公開談論此事，這就讓一些兇狠歹徒變得更加膽大妄為。我鄉下住屋後面，有一棟多年無人居住的舊屋，忽然有了房客租住，那只是一幢沒有隔間、沒有窗戶的獨間屋。從房客搬進來後，我一直都只見到兩三個人，也沒有見到過男性。她們不耕、不織，也不從事買賣，生活卻照樣可以過，日子也過得蠻寫意的。過了好長的一段時間，她們搬回偏遠的老家。她們講的話，帶些山裡人的口腔，可能她們原先也是山裡人。

　　她們遷走一段時間，我才知道，她們一家不止那兩三個人，家裡也不是沒有男人的。在我對這戶遷出的人家，已漸漸淡忘的時候，忽然聽說山區地方發生一件兇殺案，而且是七屍八命的大血案，令各方震驚。稍後我又獲悉血案的苦主就是從我家後面租住的遷返的人家。我一直不知道這血案發生的原因。是仇殺？是錢財的糾紛？……我至今不清楚。這就是當年蔣介石治下的中國社會。

　　故鄉因為有僑匯，本來是個經濟環境還算不錯的社會，但因為匪患連連，和內戰的波及，遂日漸瀕臨貧窮邊緣；後來鎮上發生一場回祿之災，小鎮焚平，比一般人富有的商人，財富付之一炬，鎮上也就暴露出貧寒之象了。

　　回祿光臨在一個秋夜。那時正值農忙時候，大家收工回家，夜幕已經低垂。我一家人，這時早已搬進新屋居住。新居就在鎮

上西邊公路的附近，離街上很近。我們聽到從街上傳來喧嘩的人聲，開門一看，才知道街上失火。那時候沒有消防設備，又是在晚上時候，大家束手無策，鬧成一團，任其焚燒。拿得動的東西，大家都設法拿出來，一家人互相照顧，寸步不離地守在街後遠離火海的地方。

我家因離街不遠，屋前有沒有房屋擋著，火災發生的情形看得很清楚。只見大朵的濃煙升起，裹著火焰，逐漸透出焰火，終於把煙團通體染紅，成為火焰，吐出火舌，試探似的伸向附近。這樣一團團的黑煙，一個兩個，越升越多，逐漸成為烈焰。火舌就像巨蟒吐出的舌信；藉著風勢，伸過街道。這條街的店鋪，除各間之間是築土牆加以區隔外，其餘全是以木料構造的，如今已老舊不堪。火舌一伸過來，迅即接應起火，火勢堪猛，兩頭延燒，不到幾小時，就把一條街數百間用以賺錢為生的店鋪，全部吞噬，化為灰燼。

這場回祿，說是災劫，卻也是一件好事，因為老舊不破壞，小鎮就不可能出現一張新面孔，只是讓許多人感到很傷心。

少年的一次不幸際遇

　　我在小學畢業前兩三年，我父親在印尼生意已做不起來，幾乎到了無法立足的地步。語云：「福無雙至，禍不單行。」當我父親在商場失意，我母親已十分焦慮，我又被海匪綁擄，令我母親既擔心我的安全，又擔慮贖款沒有著落。為了海匪索取贖金不低，我母親一時張羅無著，竟急得向我外祖母延債，弄得母女失懽。外祖母很疼我母親，我母親對她也很孝順，這時竟因一些錢債問題，演成母女失懽的悲劇。這是盜匪之過呢？還是國政窳敗之過呢？外祖母哪裡有錢可以還債呢？外祖母一家五口，才有不到三分的田地，又是住在近山地方，環境如此差，生活情形可想知而知。母親想到這些，不期而然的懊悔，不應該增加外祖母的痛苦！我小時候生病，都是外祖母來照顧我，夜裡我難過呻吟，外祖母就起床背著我，踏著小腳，在房裡來回地走，讓我感到舒適，不再呻吟，才把我輕輕放到床上。這些往事，喚回了母親對外祖母的感情，使母女歡好如初。我罹匪難，差些使我母親失去對外祖母的感情，老來想起這些，依然引起我對外祖母和母親無限的懷念！

　　我家新居孤零零地豎立在田野中，沒有鄰居，當然我也不會有玩伴。所以下午放學回家，我把書包放下，常常在感到無聊時，又自個兒越過公路，跑到學校運動場遊玩。一天下午，我到了運動場，有一個同學已先在那兒，於是兩人就一起遊戲。不多

時，來了一位二十多歲的青年，笑笑地和我們聊天。那青年和我們聊了不一會兒，要請我們去吃麵。我們兩人都常在鎮上見到此人，只是不曾在一起，不知道他的身世背景，連他住所在哪兒，也不知道。但我們卻也不知問他為什麼要請客？也不知對他作其他的發問，兩人都只糊里糊塗地跟著他走。約五分鐘，到了麵館，他叫了三客炒麵。

吃完，他付了帳，笑笑說：「走」，我們兩人全無所知似的跟他走。麵館右邊就是一條巷道，我們跟著他走進巷道。快走盡巷道時，對面忽然出現一個人，一隻手亮出一支比手槍長的駁克槍。這時天已黑了，四周寂靜，沒有人影。那時還沒有電燈，我和那位同學心中開始發慌，可是已不敢作聲。出了巷道，外面還有兩三個人，在黑暗中晃動著。這時，那個請我們吃麵的青年已不見了，我們意識到，我們已落入匪徒手中了。這三四個人，有的接近我們兩人了，我們認出他們都是鎮上的人，也很面熟，他們常日遊手好閒，不務正業。

走出鎮外，到了曠野時，見到遠處有人向空打著手電筒，那是接應的匪徒指示他們所在的方向位置。我們兩人身邊的匪徒就對著空中的電光走去。我們兩人一直都是身不由己地跟著匪徒走。這是個沒有月亮的夜晚，不過四向還透著一點兒薄光。這是個恐怖的夜，是個決定我家人命運的夜，也是個決定我一生前程的夜！

我們停下來，不再走了。我極目遠視，前面滿是水，我不知道這是溪水？江水？海水？不一會兒，一邊的一艘小帆船，搖著櫓

駛過來，在我們眼前的岸邊停下來。當我們兩人被攙上船後，船帆拉上了，船隻轉個方向駛走了。要來的事情終於來了，我們兩人被趕下船艙，艙口被蓋上了，我們的眼淚如泉水般地湧出來了！

　　船艙上面的蓋被掀開了，原來天已亮了，這是我打出生以來，第一次沒有合眼睡上的一夜。我們被叫出來，幾個匪徒走過來圍觀。但昨夜押我們到海邊下船的那三四個人都不見了，他們可能都還沒有出來。我們沒有上岸，仍在船上。一個白白胖胖的大漢，由兩個人陪伴著從岸上走過來，下到旁邊另一艘帆船上，他轉過身來看我們兩人。有一個曾租住我家的鎮紳，家裡沒有什麼大財產，窮極無聊時，就找幾個臭味相投的闊朋友到家中賭博，由他抽些錢濟急；他在沒錢時，就是用這方法過日子。有一天晚上，這位白白胖胖的人，也光臨鎮紳的臨時賭場。那晚我在我父親身邊觀賭一兩小時，和他的眼神時常接觸，印象很深，如今碰面，我一眼就認出他是誰。他見到我，對我也沒有忘記，見我哭喪著臉，臉笑笑地對我說：「不要哭，不要哭，以後我便宜一點讓你家裡贖回去。」他在鎮上開過中藥房，做過小紳士，依藉他的宗族人多勢盛，對弱小村民，常加欺凌，激起大家反感。一位村小學校長憤而聯合弱小族群反抗，他一怒之下，買兇將校長刺殺後，遁到海上，聚眾擄人勒贖，危害地方。

　　我們兩人被帶到只有一個廳堂的屋子裡，我們沒有行動的自由，我們不能到門口外面，我們睡在地面上，我們的兩腳，晚上被腳鐐鏈住。我們不知道這兒是海島？或僻村？我們是在這裡被看管，等待家人付款贖回的肉票！

　　被看管的肉票有好幾人，有時被贖回一個，有時又會進來一個。大家在這裡，束手無策，都很無奈，只能無語問蒼天。看管我的匪徒，好像也很不耐煩，有時會對我們苛刑出氣或取樂。有個到東洋（日本）拉黃包車的，被刑得很可憐；他兩個拇指被綁在一根木頭的兩旁，木頭頂上已劈個縫，以一塊一頭已削得如刀鋒的木片，插進一端有縫的木頭，然後以鎚子在頂端徐徐地錘著，兩個拇指漸漸痛起，終至痛楚難耐，眼淚直流地哀叫著。那人已四五十歲了，被錘得坐立不得，匪徒視若無睹，絲毫無動於衷。那位肉票只因家貧，才去到日本賣苦力，賺一些血汗錢，回到自己的國家不但有限的一些血汗錢被勒索殆盡，還換來這種痛苦，無怪孫中山革命之後又有革命發生！

　　被綁來的肉票，都受到各種不同方式的折磨。我也被按倒板凳，以扁擔打了兩板屁股，這是最輕的折磨；站起後，不太能夠走路。由幾個看管我們的匪徒輪流對我們施打，表情歡愉，他們顯然是以此方法取樂，極其可惡！

　　海匪不在一個地方逗留，常會變換地方，以防被人發現或注意。有一次他們換到一個小島嶼，島上似乎只住兩三戶人家，沒有耕地，當然都是靠捕魚為生的。他們住在島上，妻兒也都在島上，所以，他們明知道來到島上的這幫人是盜匪，但都不敢對外通風報訊。數日之後，大概是因為蹤跡被人發現，立刻移到不遠的一個地方去。那地方也有參加這個匪幫份子，熟悉地形，能為這幫盜匪設法掩飾，以免被進剿，結果無功。當他們布置的偵探，報告發現縣保安隊有來襲的跡象時，沒多久就聽到槍

聲。他們慌了，因為這時尚未漲潮，船隻無法浮起駛出。他們呼天叫地，想不出脫險法子。我們這些肉票，被押到一處小山邊，趕進一個大溝壑裡，要我們蹲著。保安隊的槍聲似乎距此處已不太遠了，有時還有「咯、咯、咯……」的機槍聲，匪徒最怕這樣的槍聲，因為他們覺得機關槍是很屬害的武器，不是他們對付得了的。我想這下完了，他們一定是想在無法脫險時，先將我們格斃，大家同歸於盡。

潮水開始漲了，我們被帶回等待船隻浮起。潮漲滿了，我們被匆匆送上船，拉起帆，搖著櫓，立刻駛離了海岸。這股海匪從此解體了，匪徒各自離散了。留下幾個看管我們肉票的，是匪酋的族人。

沒有月亮，更看不到星星，我們被幾個匪徒帶下船，走上岸，在荒野走。這已不是我們的縣境，聽來接應我們的人說的話，這裡已是我們鄰縣的境界。夜，黑漆漆的，伸手不見五指，冷風颼颼。我們肉票之中，有個已是七十以上的老人，他已走得兩足無法舉步。他說，他不想活了。我看得心酸，便背著他走，有時累了，便放下來，攙著他繼續走。走呀走的，走到一處有樹的地方，樹下有房子，我們停下來。那位接應的人向前走兩步，伸手在低矮的牆壁掀起一塊舊席，呈現在我眼前的，裡面是一個並不寬大的房間，右邊靠牆放一張床，床上躺著一個男人，正在吞煙吐霧地抽鴉片。他聽到聲音，拿著煙槍的一手，立刻將煙槍移開嘴唇，另一手往床面壓住，讓上半身撐高，圓睜著眼睛，直望著走近房間的我們。我們進得房來，直接從床邊的梯子上樓。

我們被禁止出聲。從此，我們食宿、大小解，都在這小小的一個樓房裡。看管我們的匪徒，只有兩個。我們沒有聽到有人談話的聲音，也就無法知道任何消息。

有一天的深夜，我們被帶離這屋子，我們不知道又要移去哪裡？我們肉票，繼續有人由家人贖回去，人數已經很少了。我們在黑暗中由幾個匪徒押著走，走到一處山上的一個地方停下來，我們被匪徒按低頭，一個個自一個洞口彎身爬進去；到了裡面，我才知道原來這是一座廢墓壙。我們繼續往前爬，爬過第二壙，向右轉去，又是一壙，我想，這座墓以前是埋葬三四個屍體的。我們不再向前爬了，以後就在這個墓穴裡居留了。夜裡有人送來熟地瓜，我們只夜裡吃一次地瓜。

我是最後一個由家人贖回的肉票。爬出墓穴，人很虛弱，但待遇卻比較好了，有一個五十左右的人背著我走。到了一棟不是很大的房子裡，我被放下來，坐到椅上，我只覺自己好像是換了一個人。我潛意識裡知道，我獲得自由了，我是家裡羅掘俱盡，才把我贖回的。

這是我六十多年前不幸的遭遇，回想起來猶有餘恨！蔣介石敗逃到台灣，並不是內戰已結束。這時期，有人問我：「你去不去美住？」我毫不遲疑地答：「我不去做外國人……」中國不好，我們要想法使它好起來。我希望，我們的子孫，世世代代不要有似我少年之時這樣的遭遇。因此我始終不贊成像蔣介石這樣禍國殃民的軍人當道！也願追隨國人之後，反對分裂國家，反對政客勾結外國得意於祖國的任何一方！

病痛拉雜談

　　年少時代的我，雙手曾生過一次疥瘡。這種皮膚病，十分刺癢，令你無法不去抓抓以止癢。但抓時雖覺得舒服，卻會愈抓愈刺癢，使你不得不陸續抓，終而讓你痛楚不堪。

　　我之所以患此病，是被海匪綁擄的後期，被關禁於廢墓穴一段時間。穴內潮濕，也不通風，加上全身久不清洗，雙手指尖遂漸漸發癢。等到贖回家時，已開始潰膿。這病，中醫不會治療，西醫沒藥可治。不多久，兩手腫脹得指頭無法彎曲，拿不起筷子，三餐都由人餵食。

　　後來有人教我們買些蛇肉乾，燉豬肉吃，據說會好。我們在無法可施下，就照著辦。吃後第二天，糟了，腫脹得更厲害，令我們很擔心。但據說，那是體內的毒素被趕出體外，就會逐漸好起來。這話不假，膿流出，果真逐漸結疤；沒多久，就好了。

　　那蛇肉乾，是毒蛇製的。據說，這是以毒攻毒的療法，有奇療效。毒蛇能做藥治病，這是很早以前我們老祖宗的見解。比如大陸有名的「片仔癀」裡頭就有一味是蛇膽。據說本來這一味用的是熊膽，熊被禁止獵殺後，就改以蛇膽替代，依然不失其治療肝炎的功效。

　　凡是有華僑地區的中國人，到祖國觀光旅遊時，都喜歡買些中藥帶回僑居地，台灣的同胞也如此；因此「片仔癀」被買貴

了，便有人私製假貨售賣，牟不法利益。這藥只有福建漳州一家藥廠製造，其餘的牌子都是偽藥。

浙江杭州附近地區，有一個千島湖，許多小島之上，都養了很多蛇，那大多是可製藥的毒蛇；養在小島之上，是防傷人，也是為方便管理和飼養。

醫藥，目的是為救人；但到了後世，卻被利用為發財的手段。我們鎮上，有個西醫，他是從福州來開業的。福州是省城，人口比我們的小鎮多很多，但他卻要來小鎮開診所，原因是小鎮及其四周回國華僑多，看病付得起醫藥費。離小鎮頗遠的一個村莊，有個人公費留日學醫，抗日戰爭發生後返國，在小鎮上開個診所。日本侵華戰爭，使我國同胞日漸貧窮，有人已窮到無力負擔重病的醫藥費用。這位留日醫生，談不上對病人有什麼同情心；不過，病人沒錢付費，他倒是願讓病人賒欠的；但條件是以穀子重量計算，外加到期歸還的利息。病人以生命為重要，還錢是以後的事，就賒欠治療。那時物價日日漲，特別是穀價。結果是命留下，人更窮了，日子更不好過了！當時這樣的「醫生」，大概到處都有吧。

不過有良心的中國學子，也還是有的。比如，存心活人濟世而到日本學醫的郭沫若就是。但他後來發現，醫生，只能救有錢的病人，不能救窮苦的病人。因此，他中途放棄可以賺錢發財的醫科學業，轉而從事寫作和考古工作。

再如魯迅，本來也是到日本學醫的；但他從電影上看到日本軍閥在東北槍斃一個中國人，圍觀的中國人，臉上竟然沒有什麼

表情，於是他感到中國人已麻木了；要救中國，必須先喚醒中國人的靈魂。因此他放棄學醫，從事寫作，以他如椽之筆，寫他振奮國人精神，從沈睡中醒來。今日新中國之成為醒獅，魯迅先生吶喊之功良多。台灣早期一些覺醒的作家，很受魯迅影響，有人且以「阿Q之弟」為筆名。有個著名的愛國作家，具有強烈的反抗惡勢力的精神，因而被譽為「台灣的魯迅」。現在台灣有些所謂「政治人物」，自詡讀過魯迅的著作，勾結外人意圖割裂祖國，有的恬不知恥地自云，自己曾是日本人。這種人已麻木不仁，連魯迅都無法喚醒他的靈魂，真是可恥復可憐！

讀小學時，我患中耳炎，小鎮沒有醫生能治療，母親七湊八湊了一些錢，讓我到縣城裡住進醫院治療。那是縣城裡僅有的一家醫院，範圍很不小，院舍也很新；但偌大的一所醫院，才只有一個醫生。那位醫生慈祥，每天只用雙氧水為我揩揩耳中膿液，然後塗上紅藥水。治療四五天，我不覺得有好轉，因此便決定回家。耳中膿液，每天照樣流出，我只覺得耳裡有響聲，聽力變弱了，同學叫我，有時會聽不到，因此有的同學便叫我做「耳聾哥」。

這只是一種小病，早診治，是會好的；但那時，沒有專科醫生，也沒有可治的藥。漸漸地，我的聽力更差了，我掩上病耳，全聽不到聲音了，我才知道另一邊耳朵，早已聾了。我去看醫生，另一邊耳朵聾的原因是什麼？醫生檢查後，說是耳道閉塞。

來到台灣，生活貧困，我去應徵一家報紙為特約記者，去採訪開會的新聞，台上的人說話，我根本聽不清楚。那時，看到報

紙的廣告，知道有售助聽器，而售價昂貴得怕人。但耳聾了，聽不到一點聲音了，我怎麼工作？我那時還年輕，得養妻小，這問題總得解決。我妻便參加一個會，第一個會便標起來，全部送去託一位台北的同鄉替我購買。這種小器具，的確很管用；可是我一家大小都得為我而節衣縮食一段時間。

後來，聽說屏東空軍醫院耳科醫師能開刀裝上人工鼓膜，恢復聽力。這位醫師是自美國學習回台的；可是我去找他，他卻已調到台北空軍醫院。我利用機會去台北找他，他檢查後說患中耳炎這隻耳朵可以開刀治療，但另一隻耳朵閉塞，無能為力。開刀也會失敗的，如果失敗，便兩邊都聽不到了。因此他勸我，現在戴助聽器還可聽到，不開刀比較好，他也不敢為我開刀。這對我打擊很大，我一聽，就昏倒地上。

我當年讀書時候，分別在三個縣住進三家醫院醫病，這三家醫院全是教會辦的，大概國家辦的醫院是極少的吧。蔣介石只是一個武夫，一生除極少時間在上海混跡股票市場外，其餘時間全是投入戰爭裡。他不是政治家，因此他掌握政權，沒有遠大目標，沒有政治理想，更談不上有政治手腕。他一心只想以武力統一中國，鞏固政權，因而罔顧人民疾苦，只知徵糧增稅，不知為人民解除病痛。國家人民的錢到他手中，就化為砲火，屍橫遍野。因此，我們看不到國家辦的醫院，沒有收費低廉的醫療機構。

十多年前，我到香港會親，聽家人說，故鄉看病不要錢。在此之前，台灣的報紙也有這樣的報導，於是我相信是事實。越一

年，我返鄉探親，才知道醫療機構分布很密；各村有衛生所，鄉鎮有衛生院，也有可以住診的醫院……，人民有病治療很方便。這當然需要很多醫生，所謂的「赤腳醫生」，就是由此而來的。

台灣醫藥進步，私人診所林立，但收費甚高。公教人員有公家為之投保健康險，但限在公立醫院求診，一般人民無此福利。近幾年來實施全民健康保險，私人診所也納入全民可以就醫之內，這是一大德政。

但人謀不臧，自實施後，即一再虧損，到現在，公家已幾乎無法負載，叫苦連天。有一大部分保費是無法收到，這證明已有不少人民淪為赤貧。台灣常會自誇富庶，台灣有錢是事實，試看，都市和公路上往來奔馳的私人汽車，擁擠得令人看得頭暈目眩；但如以為台胞都是多金的，那卻未必。那麼，台灣的錢哪裡去了？據最新調查，世界最富有的人，台灣有六個登上排行榜。王永慶是兩岸同胞都知道的大企業家，他的財富有四十八億美元，才是台灣第二富有，最後兩名也都有十七億美元。台灣的錢都聚集在少數幾個大企業家的手中。

前天，我和老妻到醫院看病，我們兩人都不良於行，回家時叫計程車回來。車資說好台幣一百元。上車後，司機一路上向我們吐苦水，他說，他一早就到醫院等客人，等了幾小時，才等到你們這一次乘客，醫院收取停車費二十元，再除去汽油錢，剩下的，不夠買四市斤的食米，怎麼生活？我們生活也不寬裕，只是默默地聽，表示同情而已。

這位計程車司機，受過教育，讀過不少書，他還記得孔子說的「均無貧」這句話。所以對他來說，他的收入，他的境況，是很不公平的。收入好的，是當高官。台灣常誇耀是政治民主，其實民主，除每人都有一張選票外，其餘是很不平等的。要當高官，對有錢的人來說，並不是很困難，參加選舉，當選機會很大。俗語不是說：「有錢能使鬼推磨」，當選後，投下的選舉資金，回收很快。當官後數年，就能花九億多元巨款，選個頂尖兒高高在上的大官。有那麼多錢，何必冒險參選高官？當四年這樣的「高官」，頂多才有千把萬元的薪水收入，你不難知道，這就是選上了，不但可以榮宗耀祖，大搖大擺榮歸故鄉，還有無法細說的好處多多呢！

民主是講公平的，所以沒有錢，手上也一樣有一張選票；但這張選票是要投給別人的，自己什麼也沒有。如果有，那是有人賄選，人家給你幾張小鈔，收買你的一張選票。

健保最公平，大家同樣繳費，同樣可以看病。事實上呢，有的藥，病人是不能用的；但如果非用不可，病人是要自己花錢購買的。沒錢可買嘛，就只好任由病魔折磨，一直拖到死。這就是為什麼自古以來都有「上下交征利」的現象！

生活環境的轉換

　　我在小學時代，到縣城住院醫耳疾，但沒有醫好。回家前，我去逛街，進入一間也賣文具書籍的店裡，看看書。我發現陳列一本「毛澤東自傳」，吸引我的注意。那時，抗日戰爭發生，國共兩黨合作，所以共產黨書籍被允許公開售賣。

　　當時毛澤東和蔣介石兩人的名字，一樣的響亮，大家都常會聽到、看到。但我對毛澤東知道很少，便近前翻閱。扉頁印的是毛澤東的全身照片，身體魁梧，穿一襲中山裝，兩腳著一雙黑面布鞋，很簡樸。足旁有一隻或兩隻在覓食的雞。這本書都寫些什麼？我現在已不記得；但我還記得，第一篇的題目是「一顆紅熱的心」。大約十年前左右，我去上海，住進空軍醫院醫慢支病，有一天，請假外出，和一位病友去逛書店。我們走了一兩間大書店，都看不到「毛澤東自傳」這本書，大概是絕版了，因為看這本書，已不能窺見毛先生的全貌。

　　回到家裡，我們家庭的境況沒有進步，母親設法開源，要把離家一兩里路遠的一塊旱地，利用種旱作。就在這時候，以前父親收買的一個供我母親使喚的女孩，一天，不告而別，一去杳然。這個我叫阿姐的女孩，大約有二十歲了，母親還未把她嫁出去，原因是她嚴重歪嘴，說話或笑時，面部很難看，因此不容易物色到對象。如今她跑了，母親只好帶著我去下田。母親小足，不能站著工作，就帶一張小凳，在園中坐著工作。我嘛，已能拿鋤頭，但粗活

使我的耳疾更嚴重，母親見我耳內膿汁流不止，心中不忍，便說：「你再回學校讀書好了。」這塊地就雇人改種桃子。

然而，生活到底是要解決的。我家大門前有一塊約有一兩分的田地，我們利用種菜，但我們沒有人手去賣菜。我家離街近，約五六分鐘就可走到；母親便要我挑去賣，我點頭了。我們傍晚採收菜蔬，次日凌晨，由我挑上街售賣。離鎮上約十里之遙的上逕鄉，人口不少，無水灌溉，不能種蔬菜；蔬菜有小販到我們鎮上批購過去販售。我把菜挑上街數分鐘後，小販就開始到鎮上批購了。等到我把菜賣完，回家吃了早餐，還來得及上學，對我的耳疾也沒有什麼大影響。

我的校長，有個胞弟也在學校讀書，好像和我是同班。不記得是什麼事情，我和他吵架了，校長立刻知道，拿著一把雞毛撢子，氣呼呼地趕來，好像是準備打我的樣子，不記得是怎麼樣的，他沒有對我怎樣，就轉身走了。這事令我對校長很反感，於是決定種田賣菜，不再讀書了。

我在離校前，在課桌上以粉筆寫了句對同學說的話，如今我還記得上面有「不讀了」三個字。

我準備自己在家裡讀些書，於是我回到家裡，在心情懊喪下，拿出「毛澤東自傳」來讀。第二天，有幾位同學來看我，主要還是為一位老師帶口信來。那位老師要我再回學校讀書，不可放棄學業。那位老師不是我們鎮上的人，平常態度和藹，講課和緩、認真，我對他有好感。我聽了同學的傳話，很受感動，便和同學一起回學校上課了。

一個老師愛護學生，關心學生的前程，一句話，就會對學生產生很大的影響。如果沒有這位老師，不知道我今天是怎樣的一個人了！我的校長是一位很有上進心的人，十多年前，我返鄉探病，他竟是一間醫院的院長。原來他卸任校長後，考取醫學院，繼續深造，以濟世救人為終身的職志。在鎮上師友歡宴我夫婦時，他在席間對大家說我在小學讀書時，很調皮。他對我過去的小事還能記得，很訝異，他的記憶力令我驚嘆。他的用功和進取的精神，很使我敬佩。他的精神是我們鎮上的人物少有的，值得做為後進青年的楷模。

花錢讀書，沒有不想「學而優則仕」的。但我們鎮上一些讀書人，都沒有什麼出路，家庭經濟環境，也不很好，所以一般人不怎麼關心兒女的教育問題。我們班上的同學，只有寥寥十幾個。鎮上沒有中學，連初級中學都沒有，小學畢業後，要升學深造的，最近的，也要上縣城升初中。縣城離我們鎮上四十里，沒法通學，學雜費、書籍費、膳食費、住宿費等，是一筆不少的費用，很多家長都負擔不起。

這時候，我們已將畢業，忽然傳來一個喜訊，離我們鎮上一百六十里的仙游縣，上一年設立的一所四年制簡易師範學校，今年招考新生，我們縣裡第一次分配到四個名額。這所學校，負責培養四周十縣左右的小學師資，一年只招收一班，每縣名額只有四或五人。考上的，食宿書籍等全部公費。這個消息，使我們同學大為振奮，家長也很高興。我們全班畢業同學，都由學校代為集體報考。

考試日期到了，我們由老師帶到縣城參加考試。進入考場後，我瞥一下考場，全縣投考的小學畢業生五十多人，都在這一個教室筆試。考完出場，我看到考生們，有的年齡比我們還大，我十七歲，是我們班上年齡比較大中的一個，其餘也都有十五六歲。

這場考試只是初試，考及格了，還須去仙游縣本校參加複試和口試。複試不通過，就會被刷掉。但複試只是形式，口試是大家都能通過的。我們一個縣分配四個名額，放榜了，我們學校錄取三人，我是三人中的一個，但我吊車尾，是三人中的第三名。

我們三個人，都沒有去過外縣。家長不放心我們自己去那麼遠的仙游縣，於是共同懇請一位教過我們的老師帶我們去。仙游是個山城，學校就在一座小山的近旁。我們覺得這個新環境很優美，我們開始在這個環境過著新的生活。家長不須為我們的食宿操心，只給我們帶一些零用錢到學校。我們來時，公路已開始要破壞，沒有汽車行走，因為這時已宣布對日全面抗戰。記憶中，好像我們一路上，有時坐筮，有時騎馬，輕輕年紀的我們，覺得這趟行程很有趣，心中很興奮。

學校的伙食很好，兩乾一稀，四菜一湯。大概因為大家在家都沒有吃過這麼好的飯菜，所以都爭著挾菜，一碗飯還沒有扒完，碟子早就見底了。

我們離開父母，倒也無牽無掛地過著學校生活，時間對我們來說，是了無痕跡。一學期將終了，馬上就會回家團聚了，可是我們對回家，並沒有感到特別高興。到家沒幾天，我收到另兩位

同學送來的紅帖子，原來他們要結婚了。他們都比我小一兩歲，卻趕在我之前結婚，這是因為他們家長都開店，比我家有錢，所以要為兒子早完婚。那兩位同學對結婚有什麼反應，我沒有看出來；但我想，很像現在台灣的電視劇《阿甘》中的阿甘，憨憨地：「結婚就結婚吧。」

　　就這樣，我們都開始進入另一種生活境界。

被逐無異犬與雞

　　過了農曆新年，我們三個同學，又結伴去仙游，回學校上課。但學校要搬家，因為這時時局已開始漸漸緊張，廈門已被日寇佔領。從廈門到仙游，不到三天功夫，就可以到達。縣城兩三所中等學校，只有我們的學校，奉命遷離縣城。遷到哪裡呢？遷到縣城西部偏北三十里遠的一個小鎮。那兒有一所小學，校舍還蠻新的，兩層樓，紅磚建築，地勢高敞。小學遷讓給我們的學校。當然，沒有宿舍，教室也不夠。校長老家就在這小鎮，這兒的民房都很寬敞，校長很容易地借到民房廳堂，做暫時的教室和宿舍。

　　小鎮，實際只是一個有幾間小店的大村莊。這時候，沿海地區的物價已開始上漲了，特別是食米。然而，這小鎮的居民，有人竟以白米飯養豬，我們很驚奇，因為在我們家鄉，很多人家都要吃雜糧。這兒，人口不多，物產豐富，除食米外，也產蔗糖。蔗糖大量輸出，是地方重要的收入。所以，這兒在過去，是一個富庶之區。鄰近一個小鎮，出過兩個相當有名的畫家，名叫李霞、李耕。李霞在這兒的一座大廟，留下他的壁畫，我去看過；但我們雖有「美術」這門功課，程度還太低，不懂得欣賞。國內老一輩的畫家，也許有人聽過這兩位畫家的大名，因為李霞曾遠赴北京開過畫展。我們學校遷來時，李耕還活著，我和一些同學，因慕名而去看他。一座老式的房屋內，有他一間相當寬大

的畫室。他個子矮小，那時已六七十歲了，但每天還能作畫。地方上沒有文人學士，沒有人賞識他的畫，更沒有人知道收集他的畫，在僻遠的小地方，讓他在沒沒無聞中消失了。

以前沒有化學肥料，肥田用的是人畜的糞便，所以人畜糞便是一種頗有價值的東西，家家戶戶都有用以收集糞便的茅坑；也有人挑著兩只畚箕，到處撿豬糞、狗糞，有人撿了留著自家肥田用，也有人挑去賣幾個錢，換點雜糧糊口。但這裡沒有茅坑，糞便怎麼收集呢？說來難以令人置信。這兒的人，大家都以一個直徑一丈左右長的、像過去台灣醃鹹菜用的大木桶，在上面中間放置兩根粗木條，靠在兩頭的桶沿，人跨在兩個大木條，蹲著排泄。面前掛著一張舊蓆子，防人看到。我第一次上去時，很擔心，萬一桶箍斷了，整個人就很糟糕了。仙游和永春鄰縣，語言不一樣，生活習慣差不多；永春來的同學邀我去過一次，那兒也是用大木桶收集糞便。

從學校所在的小鎮到永春，中間只隔一座相當高峻的白鴿嶺。這座白鴿嶺，要盤旋而上，又盤旋而下，共走了三四個鐘頭，相當吃力。永春出國謀生的人多，他們返國，都帶一輛腳踏車回來。這時抗日戰爭已甚吃緊，汽車都給送到大後方去，家中有腳踏車的人，都利用來載客，成為一些居民的一種副業。

我們的學校遷到小鎮後，校長很少在學校裡，他的辦公室隔間是臥室，他的長子和我們是同學，我們就常常利用他不在學校的機會，在臥室裡睡覺。和校長私交甚厚的教務主任，有一天在走廊上見到我，表情不悅地瞥了一下校長室對我說：「只注意建

設家庭經濟。」後來我聽說，校長搞了一個水力碾米廠，全校學生數百人的食米，全部交由他的碾米廠碾製，這叫做「肥水不落他人田」，獲利甚豐。接著，我們也都知道他在鎮上家鄉，蓋了一棟新房子。抗戰期間，大家都節衣縮食，生活困難，而他利用校長職權，竟大發國難財，因此引起縣內許多人的不滿。他們在報上刊登賀他新居落成的廣告，內容是「米輪米換」（米，仙游方言讀如美），而道賀人竟有學校老師之名在其中，令校長尷尬不堪。

在此期間，校長本來一切順遂如意，經常需要進城處理一些公私事物。而當時已無汽車通行，往返既不便、又費時；他便買一匹駿馬，於縣城與學校所在的小鎮，往返奔馳，引人側目。事實上，他也確是一個忙人，因為他是仙游縣「三民主義青年團」的負責人，又是團辦的一家報社的老板。這一來，縣內的文教事業，多為他所掌握。於是，許多人都嫉視他，痛恨他。此時，抗日戰爭兵源不足，各校都響應發動學生參加「青年軍」。我們同學簽名參加的，相當踴躍，我因重聽，未能參加。校長的兒子，也意氣揚揚地簽名參加。

這個校長兒子，一星期加起來有三天左右不到教室上課，而青年軍是標榜「有車坐車，有船坐船」，待遇不同於一般軍隊。校長兒子覺得這是少爺兵，有得吃，有得玩，於是未和他的校長老子商量，就簽名參加了。等到他老子在城內公畢返校，知道了寶貝兒子要參軍，真是氣急敗壞！兒子要去當兵充砲灰，那他還努力奮鬥，斂聚錢財做什麼呢？於是他把兒子教訓了一頓，就利

用校長職權，上下其手，將兒子的名字，從呈報的名單中剔除。俗語說：「欲要人不知，除非己莫為。」他作弊的手足雖俐落，但仍會被眼尖的人窺到。這幾件事情被人提出抨擊，使他在仙游聲譽一落千丈，校長的位子也坐不穩。

學校遷來小鎮，也沒有看到什麼抗戰宣傳標語，也沒有舉行開會遊行、宣傳抗日。我們沒有感受到戰爭的威脅。但校長位子發生動搖之前一些時候，忽然傳來福州被日寇攻佔的消息，我們三四個同學緊張起來，因為自福州南下的一縣，就是我們的福清縣。我們向學校請假，回家拿些錢再返校，準備萬一家鄉淪陷後，身上有些錢，可以在校繼續讀書；但學校認為有危險，不准我們請假。過幾天，又有一個壞消息：我們的縣城，已被日兵佔領。我們駭住了，因為自縣城到我們鎮上才四十里，半天就可以走到。如果日寇也打到我們鎮上，我們身上都已沒有什麼錢了，將如何是好？當然，這時候學校是不會准許我們冒險回去的。我們兩三個人商量，決定私自回去。

年少不知天高地厚，決定走，就走了，連同學都沒有知道我們私自回去的。我們心急，走得也快，三天的路程，我們兩天多就走到了。到了家，我們才知道，縣城不戰而陷，我們鎮上的駐軍，也早就撤退了，名義上是說保存實力，實際上是兵力不足以抗拒，就只好後撤了。後來長大了，才知道當年報上所謂的「轉進」，都是戰敗後撤的用語。駐軍撤走了，大家心裡都有數，知道日寇早晚會佔領我們的鎮上，大家也都準備隨時逃難。

　　日寇在縣城裡拉了幾位紳士當漢奸，成立「維持會」，管理地方，然後他們又出發，進侵次一目標。他們的次一目標，就是我們的鎮上。但他先在離鎮上四里之遙，距我村庄三里之譜的一個依山臨水的村子駐下。那兒地勢高容易觀察我們鎮上的動靜。這時，我們和鄰近村庄的青壯男女，糾合一起逃難。因為我們的村庄，正是敵人進侵鎮上必經的地方，那時，正是黃梅雨季節，我們也不管雨淋，向西逃往一處有山的地方。距敵人所在的地方約有六七里路。我們先在山麓我一家親戚的屋外休息；親戚煮了一鍋稀飯，要我們先吃一些充飢再走。盛情難卻。我們吃了，然後走上一座小山，以為這樣就可以安全了。我們不顧潮濕，大家都趴下。我們之中，有個年輕婦女，忽然記起家裡的豬，站起來嚷著：「我家裡的豬還沒有餵……」急得直跳腳。我們發現，對面小山上的日兵，正以望遠鏡向我們這邊看來。他們顯然是發現我們這邊站著的這位婦女。

　　接著，有兩三個日兵騎著馬，直奔山下，向我們這邊馳來，我們覺得情形不妙，馬上下山，急忙向前逃走。前面是一條寬三四丈的長溪，這時黃梅雨季節還未過去，常會下雨，溪水上漲。我們涉水過溪，水深過膝，我們手牽手緩緩走過去。到了對岸，我們回首一看，日軍騎兵高舉小旗子揮舞幾下，後面的日軍又有幾名下山。我們急忙逃往前一座山頭去，我們大都知道，山頭是危險地方，不可停留。我們於是又立刻下山，轉向海濱地區逃去。在我們逃離山頭數分鐘後，後面日軍的迫擊砲，已向我們逃離的山頭打過去了。迫擊砲打出時，發出「轟」的一聲，砲彈落

地時，只會爆出「轟」的一聲。我們回首望去，只見山頭騰起一陣煙塵。我們都慶幸撿到了一條命。少年時讀唐詩，現在還依稀記得有一句寫戰爭逃難的情形：「被逐無異犬與雞」，我們的情況，和這句詩說的，是一樣的狼狽。

我們沒有可以吃飯的地方，當然不能老在外面逃。於是我們在天黑後，十分謹慎地溜回家去。但我們不敢留在家裡，大家都只是在家草草吃了些東西，又急忙離家，在外面躲藏。

第二天，日軍沿著已破壞的公路下來。我村子就在公路的近旁，他們先彎到我村子一下，有一兩個士兵，走進我家緊鄰的一幢破舊的屋子去，裡頭的人，都逃到外面躲藏去了，只剩一個骨瘦如柴的老頭子。日兵望望屋裡，除了幾件農具外，什麼也沒有。他們用姿勢要老頭子蹲下，老頭子很順從地蹲下；要老頭子站起，老頭又很順從地站起。日兵這樣捉弄了老人後，便滿足地走了。他們沒有再進入其他的屋子去。

日軍在離去原來駐地時，村中各戶存糧，都被倒掉，他們不吃居民的食米，防摻有毒物。他們只吃雞、吃豬肉；但都只吃其腿，其餘都棄掉。他們捉雞，是用一隻長竹竿，平放地上，灑一把米，誘雞啄食，然後抓起竹竿，用力橫掃，來不及逃走的雞，便被捉去宰食。

日兵走出我們的村子，又要沿著公路到鎮上去。他們收買一個漢奸，帶著三幾個日兵先去探路。這三幾個日兵，到了鎮上，對空放了一槍，有一道白煙升起，這大概是信號彈，表示可以前進。於是還在後面的日軍見了，就準備去鎮上。前面是一條從我

家前面流下的長溪，先前對岸還有人帶著幾個鄉勇，荷槍趴在岸上準備抵抗，但這時已不見蹤影，不知他們躲藏到哪裡去了。連接兩岸的木板橋，早與公路同時破壞了，日軍毫不恐懼地涉水過溪。

日軍到了鎮上，如入無人之境，沒有遭遇抵抗。鎮上一共只有三兩間店鋪，很多店鋪日軍都進去，店中的人，多已逃難了。未逃出的婦女，年輕一些的，心理上受到終生無法療癒的創傷。日本對中國人的凌辱、傷害，全國其他各處更甚於我們小鎮千百倍。日本欠我們的這筆債，迄今尚未清償，中華兒女，即使在千萬年後，也不要忘記向其索回，還我們尊嚴與公道！

我們的小鎮，位置雖重要，卻沒有駐軍。福建多山，沒有什麼物產，日本如佔領，也不過是拿到一根雞肋。所以他們立刻退出我們的小鎮。

不幾天，我和其他不假而歸的同學，家長都收到學校的信，要求我們的家長，勸導我們返校續學。日軍退去，地方秩序立即恢復。我們兩三個同學，獲得學校諒解，心裡高興，也就再去學校上課了。

分道揚鑣、各奔前程

十八歲那年的寒假，我從仙游的學校回到家裡，家裡的氣氛有異於往時，覺得好像有什麼事情要忙的樣子。我問大哥，大哥只是笑笑。後來我才知道，家裡要為我拜堂了。

結婚是終身大事。但父母沒有徵求我的意見，我也沒有提出我的意見；就跟前年我的兩位同學一樣：結婚就結婚吧。這就是舊社會「父母之命，媒妁之言」的嫁娶方式。

說實在的，我當時並不覺得有結婚的需要，父母親只是覺得兒子已十七八歲了，是應當為他成親的時候了。可是，成親需有一大筆錢，此時家裡還沒有這麼多的錢。可巧我大哥有一個同學，有個妹子，已二十歲，尚未字（嫁）人，正在物色對象。他父親是華僑，已過世，但家庭經濟條件還不錯，他母親疼這個小女兒，希望將來可以不必做勞苦的工作。他和我大哥談及雙方弟妹的情形，回去跟他母親商談後，願意不收聘金，許嫁與我；我父母大喜過望，遂決定了這門親事。這是雙方各取所需的一種嫁娶方式：女方貪的是將來做我的先生娘；男方貪的是可以免卻一筆不易籌到的聘金。如是這般水到渠成，我結婚了。

但這椿婚姻，實際是個悲劇的開始。鄉下姑娘樸素、勤勞，是她優點的一面；但她沒有受教育，一切認命，是她不易改變的缺點。我和她互不相識，結婚後，彼此生生疏疏，不曾交談過，因為我不知道要和她談什麼？鄉村的姑娘，更是不敢和一個生疏

的男人開口說話。她和我家裡的人相處很好，就是和我彼此都覺得扞格不入。卻也不是因為她不夠漂亮，令我嫌厭，我那時還不很知道辨識怎樣是美，怎樣是不美？暑假回家，我跑到我大哥做事的地方去住，很少回家裡和她同房。

有人說，中國人是結婚後才戀愛。但我不覺得結婚後有過戀愛，也不覺得到底是愛不愛她？她的大哥，在她結婚前就已死了，死因和她父親是一樣的：肺結核。她有沒有被傳染到這種病？我們不知道，她和我的大嫂一樣的上山下田，勞苦工作，無怨無尤，堪稱是個難得的好媳婦。然而，我並沒有因為她是這麼好的一個人，而與她有過戀愛。

到學校上學，我覺得是快樂的事，因為我可以不必像在家裡一樣地有一些拘束。然而學校的生活現在是很苦的。抗日戰爭使國家陷入嚴重的貧窮，我們是公費生，公費已是極為微少，我們佐飯的菜，一桌八個人，就只剩下一碟不值錢、沒營養的竹筍了。我們的飯，也由乾飯被改為稀飯；稀飯吃不飽，大家都狼吞虎嚥，爭先恐後添飯。不知怎樣，後來又恢復乾飯，但乾飯是用配給的：每人準備一個竹筒，每餐放入定量的食米，加上水，然後一起拿去炊。炊熟送到個人的食桌，各人找到了自己的名牌，就取去進食。各桌子上，依然只有一碟竹筍，一鉢開水。

學校這樣的生活，我們熬了三兩年，終於畢業了。我們回到家鄉，上縣城，向教育科報到。那時除鎮上有一所中心小學（六年制的完全小學）外，其餘各鄉村也都設有四年制的初級小學。我們三個同學都被分發去擔任初級小學校長。我的學校就在我的

村莊裡；但沒有校舍，借在祠堂上課，只有不到三十名的學生。我覺得當這樣學校的校長，沒有什麼意思。剛好這時仙游我的母校設一所附屬小學，校長要我回仙游去教書，我便利用機會，棄職去仙游母校附小教書。

寒假回來，我被縣政府的教育科召回，要我在本地服務，並派我擔任離我家二三里路的一所初級小學校長。這所小學規模大一些，有校舍，學生也多些，學校除我外，還有兩名教師。

人民支援對日抗戰，使大家經濟都變得很拮据，公教人員的待遇，當然也不會好。我們當時的待遇，是每個月糙米一百二十市斤，另外還發給一些法幣。那時，通貨已膨脹很厲害，我們領到的法幣，只夠我用做去縣城領我們糙米的旅費。但我沒有要求同事分攤旅途費用。

我家裡的人，對我每月領回一百二十斤的糙米很是高興，因為那時物價漲得最凶的是食米，政府支應配給公教人員的糙米，也是左支右絀的；在沒有辦法可想的情形下，居然以海砂摻入充斤量。因此我領回糙米，家裡的人都要先用篩子把砂子篩出，然後才再放進石臼椿成白米，實際只有白米一百斤左右。

那時大家已夠苦了，但「屋漏偏逢連夜雨」，偏偏又在青黃不接期間，發生乾旱。田間處處響著水車聲音，我下午放學回到家裡，不是到田間幫忙踏水車，就是在家幫忙煮晚飯。《紅樓夢》、《水滸傳》等一些書，我就是在灶下一邊燒火，一邊看書讀完的。

農村絕大多數的人，都處於飢餓線的邊緣，很多人都是以地瓜乾熬湯充飢，這還算是好的；更慘的，是吃平時用以餵豬的瓜渣（將地瓜粉洗出後的渣滓）。我家裡算是好，我每月有食米領回家，另加一部份地瓜乾熬粥，吃得一家人都很高興，雖然比不上有錢的人家。

乾旱到了季夏緩和了，人們喘了一口氣。這時候學校也將放暑假。駒光易逝，我畢業後服務時間，已瞬屆一年了。簡易師範畢業的學生，服務一年，可以到普通師範學校插班二年級，繼續深造。這時，仙游我的母校，已於前年改為普通師範學校了，我遂決定再去仙游舊地，插班二年級，繼續讀兩年。那年我已二十一歲了，一個屠戶聽說我要再讀書，對我似笑非笑地「哈」了一聲，說：「你讀書都讀老了，還要再去讀書。」我聽了，覺得很慚愧。我七耽誤八耽誤，到了十六歲小學才畢業。我的一個外孫女二十一歲，大學已畢業，而我二十一歲，才要讀高二。現在的學生，看了我這些話，都會覺得很可笑吧；但在那時，遲讀書的人不少，有一個和我同班的同學，比我還大兩歲呢！

我們鎮上三個一同畢業回來的同學，現在只有我一人又去仙游升學。其餘兩人呢？原來他們兩人畢業回來，雖被派充為初級小學校長；但到任沒幾天，大家便都沒有看到他們的蹤影。令大家很不解，因為他們都不犯罪，棄職潛逃，是絕無其事的。過了一些時間，大家才知道，他倆是到「東南訓練班」受訓去。這個訓練班是國民黨特務戴笠辦的，設在福建。過了一陣子，一個出現在鎮上，聽說是逃回來的，原因是訓練太苦，所以逃了。以後

終生執教鞭。另一個，聽說受訓後被派到上海工作。我在台灣，問一位和他在同一處受訓的人，識不識此人？他反問我說：「這個人在哪裡工作？」我答：「上海。」他說：「會死。」

我大概七十歲左右，患慢性支氣管炎，到處治療不好，很痛苦。後來，在報上看到一則消息，說是上海空軍醫院能以中西醫綜合方法，治癒這種難醫的慢支病。於是我準備去上海空軍醫院求醫。在此前數年，已返鄉三幾次，見過我那位在上海的同學的弟弟，他說，其兄尚在，仍住上海。我問了其兄住址，便隻身去上海找他，請他帶路。到上海見到了他，他第一句對我說的話是：「我過去路走錯了。」這是個敏感問題，而且我耳聾，不方便都出以筆談，所以我便「顧左右而言他」，他也不見怪。

治療後，回到老家，我又到鎮上去看這同學的弟弟，我知道其兄當年是由他的一位叔父介紹去受訓的，因此我問他叔父的情況。他說：「我六叔過世很久了。解放後，被趕到山區生活幾年。」在山區，生活大概是不會怎樣好的。年輕時，聽說有人為追求理想社會，參加革命，藏匿在山區裡。山區蚊子多，他們便把兩只褲管交叉縛住，然後吊在上面可以吊掛的地方；另一端褲頭，罩在頭部睡覺。這樣，頭臉就可以不被蚊子叮到了。

這篇文章真是胡扯一場，就隨便給它一個題目吧：分道揚鑣，各奔前程。

陳年舊痕

小鎮人物瑣談

　　二十一歲時，我在小學服務滿一年，再去仙游縣師範學校插班二年級，繼續讀書；有人笑我都已讀老了，還去讀書。我想想，以中國人的算法，二十一歲就是二十二歲，很多人這個年齡，都已結婚生子了，我自己如今也已結婚三年了，的確是「老」了。

　　這以後兩年，我又要沿公路、經莆田縣到仙游的學校。莆田和我們福清縣的交接處是叫江口的地方，一座橋樑，連接江口的兩岸：岸之南，是莆田縣；岸之北，是福清縣。從江口，轉北岸，沿西行一些路，有個村子，叫做江兜。村民全是王姓宗族，他們的開基始祖王清嚴，是於一五七三年（明神宗萬曆元年），自南安縣遷來的。他是王審邽的後裔。審邽有三兄弟，長兄叫審潮，三弟叫審知。他們原是河南省固始縣人，黃巢之亂起，被一個倡亂的屠戶脅從參加作亂；後來兵敗，輾轉入閩。三兄弟劫殺屠戶，平定七閩。五代之首的後梁，封王審知為閩王，這就是十國中之一國。閩、台兩地的王姓人士，都是他們三兄弟繁衍的後裔。

　　江兜距我漁溪鎮王姓宗族卜居的上張村，四十華里。但兩地的人分隔五百多年語言已迥異。我也已不知三兄弟中，誰是我們上張村宗族的始祖？也不知道上張開基始祖叫什麼名字？不過我約略知道，到我這一代，已接近十世了。

　　我們雖然不知道開基始祖名叫什麼，不過我們知道他也是自南安縣遷來的。

　　江兜有大宗祠，是王清嚴的兒子建造的，歷四百多年，還沒有什麼破損。一九一六年（民國五年），江杏村御史，曾親臨參觀。我小學畢業後，前後到仙游讀書六年，往返學校，途經江口，卻不知順便前往一探近在咫尺的江兜村。孔子曰：「慎終追遠，民德歸厚。」我如今已是老朽一個，不可能再有經過這地方的機會了，回想起來，很覺遺憾。

　　因為提到我在小學畢業，使我記起擔任我們校長的，有一位留給我印象很深刻。他在卸任校長後，在鎮上很活躍。他搞「三青團」，儼然是小鎮的紅人。「三青團」沒經費，團的人拼命爭取，結果和國民黨平分秋色：鎮上的屠宰稅撥為國民黨的經費；魚市捐撥為三青團的經費。如此一來，魚肉價格都會漲一些，自然羊毛出在身上，也都是要由老百姓負擔。於是，有人很不悅地戲謔說：「黨團魚肉人民。」

　　我們的卸任校長，一位搞三青團，自不免和少數一些人有些過節，他神經過敏，便想到也許有人會暗算他。他家住在離鎮上三里左右的鄉下，每天往返家裡，身上都帶一把手槍，他還會常常把槍露出讓人看到。鎮上其實那時還不會有人願做對自己也不利的事，用不著攜槍防身。他之所以攜槍，目的在於顯示威風的成分居多。他自以為是小鎮的紅人，變得比以前囂張，居然敢在往返鎮上的途中，非禮獨行有姿色的婦女。我們且提提他還更進一步玷辱婦女的惡行。

　　我們鎮上有一間中藥房，老板也為病人診病。他有個女兒，要物色一個有錢人家的子弟為乘龍快婿。媒人為其小姐物色到一個其父在南洋與土女所生的「半番」。婚後半番又去南洋幫他父親做生意。小姐成了少婦，此時住在婆家，自不免感到寂寞；於是常回到鎮上娘家。往返都要經過那位紅人的村庄，因此有時兩人會在途中相遇。紅人校長不放過這機會，由搭訕而勾引，成為小鎮的西門慶。但事機不密，消息終為其妻獲悉。「西門慶」如狼似虎的妻子，豈容丈夫的肥水也入他人田。便使著人暗中伺察，偵知活寡婦經其村前時，使人將她逼到自己家裡，活活把她勒死。

　　這當時不是一樁小事，也絕不是可以掩蔽得住。消息傳開，全鎮嘩然，議論紛紛，以為西門慶甜頭吃過頭，這下子要吃苦頭了。當然西門慶也使盡氣力，四處設法化為無事。他搞三青團，也算是一個地方上政治人物，上層基於需他掌握地方勢力，結果，案子七拖八拖，拖到後來，就不了了之。地方人士也因他神通廣大，都敢怒而不敢言。一九八二年，我到香港會親，和同鄉同學晤談，才知道解放後，因地方人士對他仍然心甚不平，被拿辦槍決，懲處了一個地方大惡，無不稱快。

　　我們鎮上四周的一些讀書人，受高等教育的，為數很不少，但以這個性行最惡劣。我們鎮上還有兩位是日本留學生，但也和其他受高等教育的人一樣無法在外地找到工作。我們鎮上，主要只有一所規模不大的中心小學，沒有其他的機關可以容納他們。福建當時只有三四所大學，但家庭有力量讓子弟上大學的，也很

有限，所以要在福建讀大學，並非不易進入；可是他們大都捨近就遠，遠赴上海求學。這原因，因為他們是華僑子弟，家庭負擔得起負笈上海的學費，二是當時上海大學多，入學容易。上海立案大學其實並不多，沒有立案的所謂野雞大學，為數卻不少。有的去上海只不過進入這種大學混資格，實際是學不到什麼的。福建的大學，有的也可以隨便混到文憑；這種學校，只要你有錢註冊，一學期去上幾天課，是無所謂的。這種學生是家裡沒有足夠的錢，可以讓他去上海讀書，而他也樂得利用時間在家鄉賺外快。

不過，也有確實是因興趣而去上海求學的，比如有人喜歡美術、體育，因此去上海讀美專、讀體專。我們鎮上這樣的人才，多達五人，我們小鎮是不需要他們的長才的；其他的地方，也沒有要聘請這樣的專才的。這是人力浪費，很是可惜！

鎮上這麼多高級知識分子，絕大多數賦閒在家，地方小更不知道關心他們，更沒有絲毫半點的能力，能為他們尋求出路，解決就業問題；他們自以為是高級知識分子也是不屑一顧這種地方小吏的。

正當大家走投無路之際，卻如魯迅先生所說：「路是人走出來」，大家也開始走出一條路來。只是各人所走的路不同，有人走康莊大道，有人走僻遠小徑，有人走旁門左道……，不一而足。但令人矚目的，是走旁門左道。

那時海上有一股土匪，和日軍有勾結，和戴笠的特務分子也有聯繫。他們橫行海上，在海上勒索往來商船；在陸上遇到機

會，就擄人勒贖。有個在上海求學回來的高級知識分子，活動到一個僻遠的小學校長，到任沒多久，因收入不足仰事俯蓄，便掛冠而去，另謀出路。那時出路難覓，他究竟找到什麼收入比較好的缺呢？事實上他掛冠而去後，大家都沒有見到他的蹤影。後來傳出消息：他下海了。下海，就是到海上加入匪幫。好像過了一年左右，又傳說他稍回一筆錢，叫老婆蓋一間房子。雖然蓋一個房間的錢，並不很多，但在那時候，是不容易能有這些錢的。

有的人搭上特務關係，變成了特務人員。那時，蔣介石利用戴笠到處布置特務，就像明末魏忠賢主持的東廠一樣。但他們拿不到薪水和活動費用，上級就允許他們走私、販毒、搶劫，不過，他們一旦出事，責任要自負。這種人，就成為作惡地方，危害百姓的惡棍。

蔣介石政權之迅速敗亡，除他本身殘忍、暴厲外，其他原因就是敗在貪官污吏多、克扣軍餉多、特務虐民多。鎮上有個在福州做特務的，生活過得極奢侈，其父有阿芙蓉癮，煙膏可以源源而來。他的原配早已過世，有個當過小學校長的女性，羨他用錢闊綽，嫁他為繼室；但他不能滿足，其妻懼其納妾，她有個姊姊未出嫁，就商請她將就也嫁給他，姊妹不必計較，彼此不分「大小」圖個平靜無波，安舒生活。在那個時代，竟出現這種受過教育的女性，真是出醜。

我們的鎮民，把這些人都掃進垃圾箱，雖然在口頭上都不論及他們。解放前後，這些成為匪寇或腿子的人物，知道往後自己是不會見容於社會的，便各自拔腳逃匿，有的遠遁南洋，有的潛

赴台灣。但他們雖跑得了，留下的污點、臭名，卻是無法漂白、洗清的。受了高等教育，竟如此不知自愛，無怪地方上的人，對他們都很惋惜。

父親受到的懲罰

我在師範學校要畢業的那一年，我家裡的親人，一年之內，死了四人！受到這樣的打擊，我的精神，幾乎要崩潰！

最先過世的，是我的先室，次是我的母親，又次是我異母妹，到了農曆年底，我的父親又繼之。家難如此接踵而至，真是令我情何以堪！

先室與我結婚時，我才十八歲，她二十歲，大我兩歲。那時娶媳婦，都是要聘金的，連同女方要陪嫁幾件金飾等，都是要在說親之時議定的。那時盛行早婚，女孩子很少等到二十歲才嫁人。先室有兄弟各一人，無姊妹，所以父母特別寵愛她。嫁女兒，沒有什麼條件，主要是女兒嫁過去，可以不必做太重的粗活；尤其希望子弟是讀書人。這樣的條件，在我們小鎮四方，是不太容易找到的；而我那時在簡易師範學校讀書，將來是小學教師，家裡雖不富有，但有幾畝薄田，飢乏則不至。她父親是華僑，返鄉蓋一幢大房子，便過世，家裡事情，便由他母親和其兄商決。

她哥哥和我大哥是同學，彼此家庭情形，都互有了解，兩人談起雙方弟妹的婚事，很契合。她家不提聘金，我家也沒甚要求，於是我結婚了。我第一個晚上，和一個素昧平生的女孩子，同床共眠，我覺得很不是習慣，連翻身轉側都不敢。

　　第二年以後，對日抗戰激烈進行，福建開始告急。我們遷回鄉下舊房子居住，一來為避免萬一日軍打到鎮上，發生災難；二來大家生活已漸困難，住到鄉下，將田地收回自耕，一家大小可以免卻飢餓。先室的母親希望女兒嫁後可以不做粗活，成為夢想。我們成為農家後，先室和家嫂都要上山下田，勞動生產。

　　先室來到我家，看起來，身體就不是很結實的，到了鄉下，完全成為農婦後，開始漸漸地變得虛弱了。往後，我覺得她常會發輕燒；又往後，她有時會咳。我想，她可能患了肺病，我不敢說，但我開始不敢和她同房睡覺。

　　她父親因肺病去世，她哥哥也是死於肺病。這種病在那時無可治的藥。一般人說這是富貴病，不可勞動，要有充分的營養，才有漸漸康復的希望。我家這時已很窮，不能為她調治，只好任由病魔啃噬她。如今想起來，我還很為她難過！

　　我母親患肺炎，可能和我先室多年相處有關。這病也很難醫，只讓她吃中藥，戒食油膩的食物，病情才能有起色。她病得久了，口饞。剛好我春假回家，便於返校的前一天買一個她想吃的豬肚回家。哪知道她吃了後，病情又轉壞。等到病重時，我已近畢業考了，家裡不敢告訴我，怕我回家探親，影響考試。未幾，母親病逝，我已要考試了，家裡更不敢告訴我。等到我畢業回家，才知道母親早就過世了，我走進大門，眼睛突然映入大廳靈桌，旁邊還掛著寫了「魂兮歸來」的白幡，我不禁痛不欲生的哀嚎了！

　　母親之死，可以說是我害的，因為我如果不買豬肚給她吃，就不致釀出這慘變；當然更可以說被日本帝國主義的侵略害死的，因為日軍封鎖了我們的沿海，使我們需要的藥物也無法進口，否則，母親的病怎會無法治癒？

　　我的異母妹很可憐，她母親在產下她之前，從她的出生地印尼，隨我父親回到我們的家鄉。但不見容於我的母親，所以我父親便把她送到縣城去待產。不多久，縣城來了一封信，我母親收到，她拆了，叫我大哥看。我大哥那時才開始讀私塾，只識得信中一個「女」字。我母親便斷定那個女人在縣城產下一個女嬰。

　　我父親對所生的女嬰，已做好安排，決定送人撫養。鎮上有個算命先生，夫婦只生一個兒子，願意收養，將來做他們兒子的媳婦。算命先生夫婦見過我異母妹的母親，生得很白皙，不像印尼的土著。原來她是個「唐人仔」，就是父親是華僑，母親是土著；所以我異母妹的長相，完全和中國人一樣。他的養父母很疼她，視如己出，這是她的一點福份。

　　我的異母妹和她的養父母也很合心。但那時候的青少年，無論貧富，大都不願意和童養媳結婚。我的異母妹也是這樣的遭遇，兩人長大後，就不互相說話。她對我們一家的人，似乎也很排斥，偶爾有事，回到我們家裡，不曾和我兄弟說過話，也不接近父親，和我母親說過話，但不是很親密。

　　她生病，她去世，我都不知道，因為我在外地做事。她從出生到去世，都不知道自己的母親是誰？她的母親，生下她，看到吮幾天奶的她，以後便母女分開，終生不相見。她會想自己的女

兒嗎？母女是骨肉的關係，當然會想；然而，見得到嗎？見不到啊！只有在心中飲泣！

我的異母妹去世那年，我二十三歲，她可能還不到二十歲，她不知道什麼叫做天倫？她不曾享到天倫之樂！

就在母親和妹子相繼過世的初秋，我到閩侯縣擔任一所小學校長，卻在學期結束之前數日，接到家鄉一位親戚的來信，說我父親病重，要我儘速回家。我立刻決定提前兩天放寒假，將學校一切公務辦理完妥，便於農曆十二月二十五日，一早搭船到福州，然後步行南下。到家見到父親，他躺在床上，已不能坐起，十分無奈地望著我。

這時我的家庭境況非常淒涼。我的大哥已於三四個月前去了台灣，大嫂帶著三個幼小的兒女，我的異母弟和由我母親收養的妹妹，都才有十二三歲；弟弟坐在床頭，兩眼怔怔地望著父親和我，妹妹只是跟隨在大嫂的背後。我立刻趕去鎮上，請一位熟悉的西醫來看診。

醫師來了，父親的眼神，燃起一些希望。但看診後，醫師表示已病入膏肓，無能為力；一位宗親踏上床，要幫父親翻身，但軀體已僵化，轉不過身來，那位宗親表示已無希望。父親希望的眼神，也失去了。

大家都走了，只有我和弟弟還留在房裡。我和弟弟都無法可施地呆望著，父親仍然頗為安詳地躺著。過了一些時候，父親忽然問我：「你賺多少回來？」我如實地答了。他聽了，有些寬慰地說：「不少。」

　　那時，日本戰敗乞降，才有半年，各地戰後破敝，很多地方公教人員，無薪可領。閩侯縣是收復區，各地小學經常費，要地方自籌。我們學校所在的鎮公所，根本不管此事。但鎮上的人重視教育，老一輩的先生熱心籌款。每月先給我們教師生活費，其餘要等到學期結束，才悉數付清。所以我帶回家的錢，算是不太少，父親大概是感到料理他身後事的費用有了著落，所以覺得寬慰。

　　父親沒有留下遺囑，但看他面上痛苦的表情，似乎不是屬於疾病方面的，而是關於感情方面的。他一生在感情生活方面，是很有些感到遺憾的。他為了家庭生活，前後飄洋過海，到印尼謀生三次，居前兩次，都不空手回國。我們住的是百年以上的老屋，也沒有足夠維持一家四口生活的田產，兩次印尼回來，解決了我們食、住的問題。第三次到印尼，徹底失敗回來，一臉氣餒的神情。

　　印尼兩次，他在印尼都交了女朋友，但都不能有結果，這當然不是他願意的，兩次都和女朋友各生一女一子，如今，已不知兩位女友都在印尼何方？女兒已去世，他無法對她母親作個交代。兒子就在眼前，也無法告訴他，母親在印尼的何方？他也沒有交代我，往後對還不能自立的弟弟要怎樣安排？在病痛中，這些事情，也難免偶爾會在他記憶中牽縈，然而父親不吐一言。我想這些感情上的事，都是他自己扯來的，現在已到走完一生的最後一站，難免會像火一樣的燙著他的心！

　　父親已不太能支持了，對我說，他走了，把他葬在母親同一個地方。我聽了，眼淚滾了下來！接著，他很痛苦地掙扎著，說他要喝豆漿。這時才過午夜，哪裡買得到豆漿呢？他還沒聽到我的回答，就「咳」地一聲，身體便不動了，眼睛睜著，眼球不轉動了，我不由自主地伏到他身上痛哭。

　　我母親五十二歲過世，我父親小他兩歲，卻在同一年裡，跟著她走了。母親地下有知，應覺得不寂寞吧。

　　我如果看到池中鴛鴦，兩隻悠閒自在地並游，心中就會興起稱羨之情。人嘛，古來總有喜歡自作多情，有意無意，作繭自縛的，到臨終之前，都要受感情出軌的痛苦的煎熬！這是最後一次的懲罰吧！

閩安鎮一學期

　　世界上的人，曾有很多不知道有個「台灣」的地方，更不知道台灣是在什麼地方？同樣的，除福建部分沿海地區的人外，其他地區的中國人，也都不知道有個「馬祖」的島嶼，更不知道馬祖在哪裡？

　　如今，世界各地的人，已有一些知道台灣這個海島了，這是因為蔣介石父子敗逃到這孤島以後，引起一些紛爭的緣故。

　　至於馬祖，只是個芝麻大小的島嶼，在地圖上是找不到的。過去，曾是個土匪窩，如今，則是台灣方面撿到的一根雞肋，因此，沿海地區的國人，才對它漸有所聞。

　　這個小島，在連江偏北的海上，屬福建省的連江縣。十多年前，我和老伴返鄉探親，利用機會到閩西遊九曲溪，住在邵武的外姪孫女和姪孫婿順便帶我倆去上海，又由上海友人帶我們夫婦到蘇州、南京旅遊一趟。回來時，從上海坐船到福建。船到連江縣海面，可以隱約眺望到馬祖。未久，轉進閩江，直航馬尾下船。船到馬尾，先要經過連江縣的閩安鎮。這兒有一所中心小學，我師範學校畢業那年，就是到這學校擔任校長。

　　記得當年我在到任之前，先向縣政府教育科報到。那時閩侯縣早已被改稱為林森縣，縣政府也因日軍侵迫，遷到洪山橋。我向教育科報到後，回來經過福州，天色已不早，便在福州過夜，準備明天才到學校上課。晚飯後，我到街上閒步。走到一間大

建築物的門前，抬頭一看，才知道是舞廳。進出的，全是足蹬皮鞋，服裝筆挺的美軍，和蹬高跟鞋、著緊身肉感的旗袍的舞女。這些都是我在以前未曾見過的，讓我大開眼界，不禁使我駐足小覷片刻。事後回想，當時我真個是不怕出洋相的土包子。這晚，店家仍有燈火，忽然鞭炮之聲四起，注意一聽，原來是傳到日本投降的消息。

閩江就在福州市和倉前山之間，江中有一個小島叫南台，將江水隔成兩半，然後又在不遠處復合。第二天，我走了一二十分鐘，到閩江的碼頭，候船去學校。那時福州市只有一條街，從南門直到碼頭旁的大橋頭，大約要走一個鐘頭左右。到閩安鎮有汽船可搭，船過馬尾，下一站就是閩安鎮。似乎水路並不太長，而小汽船，行駛得也並不很慢，船在我漫不經心中，靠到簡陋的小碼頭。這就是閩安鎮了。我下了船，轉個小彎，走幾步斜坡路，對面就是我要進入工作的學校；轉首向右看，就是一條小街。這個小鎮，一面臨江，三面環山，除有軍事價值外，全無經濟上的價值。所以，為了生活，人口總是外流。

鎮上有幾位老先生，對教育很熱心，在他們協助下，克服了縣政府無力撥給學校經費的困難。遠近的學生來註冊上課了，一共才有一百名左右。除我外，教師有三位，兩位是鎮上人，因地方能籌的款有限，這兩位老師合支一份薪水，如果不願意，學校就無法聘用。薪水都要在學期結束時才發給，因為款要到那時才能籌足。

94

　　因為教師不足，學生數也有限，所以我採取複式教學。這種教學，當然有缺點，但卻解決了問題。

　　學期中，舉行一次遠足，地點是閩江下游的青芝山，有名的青芝寺就在此山中。山不高，風景卻很優美。有幾處景點很吸引遊人，現在五十多年過去了，我已不復記得，但其中有一景，卻仍留給我深刻的印象。那景點被叫做「一線天」，兩座巨大的山崖，相對壁立，人入其中，翹首仰望，只見無際的藍天，只剩下一條細線，令人驚嘆！

　　其下有一座小塔式的墳墓，走近一看，墓碑上刻的是「林森藏骨塔」五字，算起來，那時候的林森還不是很老的人，而他在此前就已將自己未來葬身的墓造好，令我覺得好笑。墓造得很精巧，地點也極好，前面是遼闊的藍海，閩江出海近處的港澳，也都盡收眼底。如果以風水來說，面海背山，是個難得的福地。這位西山會議派人物，對蔣介石掌握到政權，厥功甚偉，老蔣為酬庸他，後來便推他為國府主席。抗日戰爭發生後，國府由南京遷都重陽。戰爭遷延時日，林森等不得，死於重慶，也葬身於異鄉，未能回葬他的藏骨塔，這應當說林森是「齎志而歿」了。新中國誕生後，林森縣恢復原來的名稱為閩侯縣，林森的名字，也從人們的記憶中消失了。

　　有一次，我從洪山橋公畢回校，教務主任對我說，今天有兩個人來看我。但客人沒有什麼事，未留下姓名就走了。我想不出來訪的客人是誰？心裡很納悶。第二天，昨天來過的兩訪客中，有一位又來到學校。他對我自我介紹，說是到學校來看報紙。

他和我隨便應酬了幾句，並不看報紙，便辭出了。他和我有些熟識後，有一次帶了一本書來，說是要借我看。我接過來，看了書名，就還他，說這本書我已看過了。他聽了，有點驚奇地問：「在哪裡看的？」我答：「家裡。」

這本書是艾思奇著的《大眾哲學》。我在讀簡易師範學校時期，有一次到外祖母家，鄰居一位和我同學的表兄，帶我到他屋裡玩。看到他臥房有一些書，便翻翻看看，看到了一本《大眾哲學》，覺得書名很新穎，翻到底頁，又看到是向內政部註冊過的，以為讀者一定很多，便借回來讀。我不曾看到「哲學」這個詞兒，不知道哲學是什麼意義，回到家裡，便埋首閱讀。

書中寫的，最重要是論述三個定律，這是辯證法的重點，所以雖經註冊，也成為禁書，在街坊書肆是買不到的，有這書的人，也不敢讓人知道，以免惹禍。十多年我返鄉探親，也沒有在書店看到這本書。但我在一本大學用書《哲學大綱》，看到這三個定律也被編在其中。我在台灣也看到哲學方面的書，提到這三個定律是德國哲學家赫格爾創說的。

《大眾哲學》是我第一次讀到的一本課外書，使我覺得從課外書獲得的知識，比課本來得多，讓我以後養成喜歡利用時間讀書的習慣。

學期已結束，地方一些人士也將款籌集好了，送了過來。我發現給我的一份薪水，似乎多出了不少。一位對學校特別關心的老先生，對我表示地方人士很感激我。他說，別處學校給學生的

簿本，一本收一元，我們學校才收五角。言下表示很滿意我未多收學生的錢。

閩安鎮本來就是一個窮地方，小街只有一間布店算比較像樣的店鋪，但在一個深夜，被幾個匪徒闖進，店內一些布匹都給劫走。第二天，我去慰問老闆。老闆垂頭喪氣，一臉苦惱，因為從此他也變成一貧如洗的人了！

有句話說：「飢寒起盜心」，這是句實在話。所以，匪徒也不見得全是好逸惡勞、貪圖享受的人，有的確是家徒四壁，走投無路，才被逼走上這條險路的。戰後，農村破產，處處殘破，以我來說，當時何嘗不是赤貧的人，我要出差縣政府，連一條像樣的的褲子都沒有，只好向同事借一條穿去。地方人士為我們僱來一位婦女，替我們煮三餐，付給她的工資是微乎其微的，這從下面一件事可見出。

有一天早上，教務主任掀著盛米的缽，發現米少很多。米在那時是很昂貴的，我考慮了一下，把此事告訴了介紹的老先生。老先生找來那位婦人印證，婦人表情難堪，眼淚幾乎要流出來。她何嘗是貪那一點兒食米，實在是家庭有點熬不下去，才出此下策。我也看得難過，便說，此事就此算了，仍請她幫忙我做飯。閩安鎮四境，當時能有幾個人家生活不像這位婦人一般的不好過？

我和教務主任要離開學校，離開這個人情溫暖的閩安鎮。但我沒有想到，鎮上的老先生們，竟帶了一群學生到碼頭相送，令我十分感動！也使我一生不忘認真工作，不貪分外的金錢。

陳年舊痕

不在「呆胞」的行列

亞洲最大的一間糖廠，是在我已居住了五十多年的台灣屏東市。這間糖廠有多少面積？我沒有問過。不過，就我看來，總有數百上千畝之大吧。那麼，目前它年產多少蔗糖呢？答案是：一兩也沒有。停產的糖廠很多間，有的機器讓它生鏽，有的轉做生產飼料、食品等。員工嘛，職員到了屆齡退休，不補新人；工人轉去養豬，也是屆齡退休，不補新人。

我還記得，當年在學校讀書，地理課本的插圖中，有一幅台灣蔗園裡長得又高又大又粗的甘蔗。來到台灣後，看到蔗田的甘蔗，不如圖片中的暢茂。台灣的甘蔗有兩種，一種是食用的，一種是製糖的。製糖的甘蔗，後來逐漸矮化，不敷製糖成本，因此，失去經營價值。

有一次返鄉，和朋友逛街，邊走邊談，我說了上面所說的事情。他說，這裡的糖廠也要停產。我聽了，才知道家鄉也有糖廠。忽然自旁邊傳來一句話：

「不知道？呆胞！」

說話的人是少年，說完，就溜走。

許多大陸旅行的台胞，都知道很多大陸同胞稱台胞為「呆胞」。但一般的台胞，不是真正的呆胞，因為他們還知道愛國，真正的呆胞，為數有限，指的是反復無常、投機取巧、數典忘祖

的傢伙。這樣的台胞，花錢買呆子外號，外國人恥笑他癡愚，他卻自以為很聰明。世間有這種聰明的人嗎？

那麼，我這個「閩胞」是怎樣變成「台胞」的呢？我在師範學校畢業那年，日本投降，我擔任閩侯縣閩安鎮小學校長。寒假回家，正等待開學再到學校工作，卻忽然接到閩侯縣政府一紙公文，要我到學校辦理移交。我覺得很奇怪，事先沒有知會，無緣無故要我離職，這是什麼道理？而我到職時，除課桌椅外，學校什麼都沒有，現在卻要我辦理移交，真是太豈有此理！我也就相應不理，僅將我保管的學生成績簿等，寄到學校，我就賦閒在家。

這是沒有人事制度，上面主管換新人，就可以隨便任免下屬的人事。蔣政權時代，什麼機關都如此，人們就叫這情形做：一朝皇帝一朝臣。

於是我開始嚐到失業的滋味。無事可做，無法找到工作，加上生活也成問題，真是令人心慌。幸好我有個老師在縣城擔任縣立初級中學校長，他用的訓導主任也是我的老師。這位老師對我印象很好，知道我目前遇到的困難，便向校長提起。剛好學校那時還有一個職員的缺，校長便將我報補；教務處還要我一星期去教兩三節課。當然，那時候不像現在，兼課有鐘點費可領。

大約過了個把兩個月，台灣澎湖縣政府教育科科長回到福建來招職教員。澎湖還有一所省立中學，校長尚未派任，可以由他推薦。他和我們都是同鄉，來到學校和訓導主任接談，請他出任校長。訓導主任應允了。他約我同往教書，我又回故鄉拉一位同

學一同去。我們和其他為科長延聘的人，一起到福州住進一間簡陋的旅社，候期啟行。

科長是自澎湖租一艘三十噸的小貨船，載了一批肥皂來的。等到他把肥皂售出，需要的教員也都聘齊了，大家便齊集碼頭，上了船，進了艙，大約三十人左右，便像豬隻一樣被送往由幾個島嶼組成的台灣澎湖縣。船行一日多，才到馬公下船。馬公是澎湖最大的一個島，縣政府、省立中學、水產學校等，都在這個島上。

我們爬上船艙，跨上碼頭，極目四望，很有些像異國風光。我們被帶到一間旅社去休息，旅社是平房，建築很別緻，門是兩扇相向緊合，開關是向左右拉的。進了門，要脫鞋，踏上一層像舊時大陸床前放的上床墊腳用的踏斗一樣，又上去，是叫做「玄關」的過道，兩旁是用紙製的門隔成的房間。這是我見所未見的日式房子；房間鋪有墊以稻草的特製的地蓆，人進去，可以坐著，可以跪著，放一張不及一尺高的矮桌子，不放椅子，很像國畫中所繪的古時的雅士在水邊林下所居的房子一樣。如今，台、澎兩地這樣的日式房子，似已無存了。

晚上，縣長宴請我們。中間有一道菜，是我從來沒有吃過的，叫做苦瓜湯。味苦，我只略嚐一嚐，便不下筷了。據說，苦瓜去火，夏天多吃，對身體很有裨益。

在福州時，我把一些雜誌售款，送去倉前山一家書店。那是我擔任閩安鎮小學校長時，認識的一位常到學校看報的先生，在我卸任校長後，到縣城的初級中學當職員時，拿幾種上海出版的雜誌，要我帶回縣城託書店代售的。我已不記得他是在什麼地方

付託我的。我把書款送到書店後，他來找我，邀我到南台一家貨物站談談。他有一次到學校看報，離去時，一位關心學校的鎮上老先生來看我，見那位先生已走出學校，對我說：「他以前是共產黨。」說話口氣，不帶好惡的感情。因此我對這位朋友相當信任。我把雜誌帶回學校，一位前任校長仍留在學校教書的同事，到我寢室，見到雜誌，拿起閱讀一兩篇，說這文章很好。他在學校外面體育場對面的高級商學校兼課，便說他要帶過去介紹學生購閱。於是雜誌就這樣脫手了。

那位朋友問我：是誰介紹我去台灣的？我如實以答。他說，他認識這個人；以前在監時認識的。本來他說，要為我介紹一兩個在台灣的朋友，現在他知道是由誰帶去台灣的，便改變主意，說台灣有很多我們的同志，到台灣，彼此自然會認識，不必由他介紹了。我到台灣後，沒有認識到半個「同志」，也不曾寄信到閩安鎮和他聯絡。

次年二月二日，我和我妻盧女士結婚。她是台灣的人，祖先是自廈門遷來的，所以她祖父的舉人，還是回廈門應試的。中試後，甲午戰敗，台灣割讓日本，所以一輩子沒有做過事。婚後，我開始感到生活的艱難。因為抗戰結束，內戰繼起，台灣一年收割，可吃三年的食米，大部分被送去大陸上消耗於戰場，因此我妻十六歲時和我結婚，一開始，就過著困苦的生活。她的父親是技術人員，在公立醫院工作，雖然薪水和大家差不多，但他外快多，子女雖多，一家仍過小康的生活，我妻跟了我，生活還不如娘家，受了很大的委屈。

　　就在我結婚的那個月的二十八日，台灣發生了一件震驚中外的事件，立刻演變成驅逐國民黨在台灣的蔣政權運動，一般也叫做「二二八事變」。那時我還在澎湖的馬公中學教書，我妻是台南市人，父母都還住在台南，兩地不能通信，也不能通電話。我妻很著急，怕父母不放心，因為那時本省人士已在攻擊外省籍人士，不分青紅皂白，一見到大陸人就打。但澎湖卻很平靜，因為每個人都知道，馬公有要塞司令部，足以對付居民的騷動，也有人知道，要塞司令部已將砲口對準街市要道，所以沒有人敢動。有一兩個學生到我家，問我的意見，我勸他們不可衝動。我告訴他們：台灣本島日後怎麼樣，澎湖也會跟著怎麼樣。他們聽後，同意我的意見。

　　家裡沒有收音機的同事，都到學校守在收音機旁邊，收聽台灣本島的廣播。那時廣播電台都被地方人士佔據，他們輪番播講，號召退伍台籍人士，參加組成軍隊等。台灣人士打倒國民黨對台灣的統治是失敗了，因為蔣介石在大陸上激烈的內戰中，抽掉一師勁旅到台灣鎮壓。局勢被控制後，國民黨便展開對與事變有關人士無情的打擊。

　　大概是春假吧，我和我妻相偕回台南她的娘家。大家相見，喜出望外。她的父親以為女兒跟外省女婿在澎湖，一定會被人打，現在知道當時在澎湖平安無事，十分欣慰！

　　二二八事變，只因專賣局一個外省籍小職員，在街頭發現一個香菸攤販售未稅的洋煙，欲加取締，引起糾紛，未料此一星星之火，竟引起燎原之勢。台省人士，對國民黨官員的貪污霸道，

普遍痛恨，也看不慣沒有貪污劣行的外省籍公教人員的優越感，滿懷憤恨，於是煙攤糾紛，有人喊打，立刻演成抗暴聲勢，迅速蔓延全台。

城隍失火，殃及魚池，當然有不少人挨揍，是無辜受辱的。國民黨收拾參加二二八事變分子，牽連極廣，手段毒辣殘忍，時間綿延很久，打擊的對象，主要是領導和思想進步人士等。我在台南，有一天早晨起床，在門外拾到一張印刷品，展開一看，原來是控訴國民黨殘害民主進步人士傳單，指陳有人被捕後，裝上卡車，送到海邊，丟入海中。有許多人，久久不見出現，除一些遠遁祖國避難外，其餘大概就是這樣「失蹤」的。

亂世生命不值錢，我與我妻遠在澎湖，未受任何傷害，算是撿到兩條命。

澎湖歲月

我在澎湖馬公中學教書的時候，有一天課後，回到我租住的地方午餐。這是一幢日式房子，我只是租一間房間，食宿都在這個房間裡，做飯借用房東的廚房。我夫婦兩人的「家」，就是這個樣子。

我們正在午餐，我才扒兩口飯，聽到有人敲門，妻去應門，進來的是一個警察，一個便衣人員。他們沒有讓我看任何文件，就要我跟警察走，便衣人員則仍留在我們的房裡搜索。我跟警察走到警察局，便被押進拘留所。拘留所很寬大，是用鐵條隔間的。

便衣人員在我房間搜索到我在大陸發表的幾十篇文章，準備帶走。我房間裡沒有陳設，只放一張兼做餐桌用的書桌，另外就是一個皮箱，很快就可以搜索完畢。便衣人員也進入廁所去探一探，糞缸裡泡著幾張稿紙，便衣人員見了，掉頭就走。

糞缸裡的稿紙，是上午郵差送到的退稿，妻見勢頭不對，趁搜索的人不注意，迅速帶進廁所投入。退稿是一位在台北《新生報》擔任副刊編輯的朋友寄來的。他知道自己已在黑名單裡，因此將各方的投稿，迅速退還，在家應變。說時遲，那時快，他從報社回到家裡，便衣人員也就來到他家裡。便衣人員要他跟他走，他說：好，等他到房間穿一件衣服就走。便衣人員於是坐下來等他。但坐了好一會，不見人出來，便走過去一探，結果是不

見人影了。我那位朋友很機警，知道事情要發生了，便從後門溜走，逃往基隆，搭船回福建去。後來我接到他的信，說許多朋友都已「羽化朋登」。

便衣人員把我從警察局帶到要塞司令部，到了那裡，才知道也有其他同船到澎湖的人被捕。我們都在會客廳裡，然後有又幾個同船來澎湖的人被帶進來，包括教育科長和馬公中學校長。會客廳外面有一些士兵，站著觀看我們，有人不知我們是什麼事情被帶進來的？有人答以我們是「暴徒」。

馬公中學校長很悲觀，低聲對我說：

「有沒有什麼辦法？」

我噤不作聲。

大概他們要帶來的人，都到齊了，開始要送到牢房去監禁。我私下默默地數一數，被帶進來的，一共是十四人。這在馬公是空前的大案，差不多家家戶戶都知道。大家開始被關進牢房，三個嫌疑比較重的，被關到後面房子的樓上，這三人是教育科科長、馬中校長，和馬公一家小報的編輯，其餘都關在單層房的小隔間裡。

監禁我的牢房，被隔成兩半，關兩人。隔壁關的是旗人，上輩從北京遷到福州，他來我們縣裡謀生，在我任職學校外面體育場對面的商業學校教音樂。我們的牢房，都僅足容身。吃的是銅罐乾飯，和一個小牛肉罐頭，三餐由一名士兵送來。

一天夜裡，隔壁的同牢被提出去，第二天，神情沮喪，飯吃不下。我問他，為什麼不吃飯？他才說，昨夜被帶去問話，問話

的人說的話，使他難受。我想，他大概是被恐嚇、威脅，心裡恐懼。

過了幾天，夜半時，我被叫醒，帶出去。走到海濱，轉個方向，踏著沙灘，繼續向前走。天上無月，海風很大，聽到的，只是海浪拍打岸的聲音。我本來還不覺得怎樣的害怕，現在我的一顆心，變得虛弱，也在下沈了。四周什麼都見不到，我想，這下子可能完了，大概將會在海灘上被處決。再走一段路，左側有房子，窗戶透出淡淡的燈光，押我的人，就帶我朝那方向走去。

進了屋子，我被帶進一個似乎是開會用的房間。裡頭已有兩三人，一個坐在桌子的上端，其餘的人坐在右側，我坐在另一側，和我對面而坐的一個是記錄。坐在桌首的一個，不知是不是軍法官，他問我的姓名等等後，便開始正式對我問話：

「你是什麼時候來台灣的？」

「我是去年上半年來的。」我答。

「你是什麼時候參加共產黨的？」

「我沒有參與共產黨。」

「你如實地說，我們還會寬恕你，否則……」

「我確實沒有加入共產黨。」

「我們接到報告。如果你不承認，就槍斃。你說出來吧，免得受痛苦。」他語帶威脅。

「我如果加入共產黨，願受最嚴厲的處分。」我知道他們要用恐嚇的手段迫供，故入人罪。我也就以堅決的語氣否認他的指控。

「你和台灣小姐結婚？」他轉了話題。

「是的。」

「那是台灣人用女人收買你。」

「我們是彼此認識，才結婚的。」

他拿出我發表的文章，又轉了個話題說：

「這些是你寫的文章？」

「是的。」我承認。

「你的文章思想有問題。」

「我的文章都在黨報發表的。」

「你的文字寫得不錯。如果你和我們合作，我們願意請你當我們的家庭教師。」

我不回答他這句話。

然後他又是繞來繞去，用恐嚇和威脅的話迫供，我的情緒被攪得相當凌亂，但我潛意識想的，是不要亂說，不要被套出他們任何想要聽的話。我被纏了約一小時左右，問話才結束，由原來的人，把我帶回牢房去。

這一夜，我沒有什麼合眼。但第二天我不似隔壁的那一位，問話回來吃不下飯，我仍能如常吃飯，昨夜的問話，我也置諸腦後。

牢房很小，除放了一張個人床，幾乎已沒有空間，只能在床前左右移動數步，一天到晚，不是坐著，就是躺著。實在覺得無聊時，就只好閉目養神，或者臥床瞑想，過去的事情，過去的朋友、過去的生活……可喜的、可惱的、恐怖的……都像電影一

般，在腦子裡閃映。覺得倦了，就迷迷糊糊睡著了，醒來，眼前看到的，又是原來的世界。這是對同胞無端的迫害，也是對同胞無端的暴虐！

看守的士兵，是輪流的。有一次，來了一個未失稚氣的年輕士兵，神情快樂，喜歡交談；但有所顧忌，談話時唯恐被人聽見或看到。他告訴我，他是高山族，就是現在說的原住民；但沒有告訴我，他是屬於高山族中的那一族。也許他是被視為化外之民，所以受到很多限制，覺得很不自由。和我交談，都是壓低聲音，若斷若續，隨時注意是否有人接近。

被關禁在另一棟房子樓上的三個人，被送到台北保安司令部究辦，據說，那三人罪嫌比較重大。其餘的，開始陸陸續續被保釋；我是輪在最後一位。但學校同事、同鄉，沒有人敢為我作保，只好由我妻替我作保，一共被監禁了二十八天才獲釋。

我在被關押期間，我妻每天傍晚，都一個人走到要塞司令部牆外垂淚徘徊，到了薄暮時才萬般無奈地離去，回到令她恐怖的臥室。她和我在澎湖都沒有親人，沒有半個人會照顧她、安慰她。那時她已有數個月的身孕，又只是十七八歲的女子，怎麼受得了如此重大的、無端的打擊。

這是台灣有名的「二二八事變」發生後約兩個月左右，在澎湖發生的一宗白色恐怖事件，雖然不像在台灣本島發生的有許多人被殺害，或被判許多年的重刑，但有人釋回後，餘驚猶存，有如驚弓之鳥一樣，見到生人就害怕！

陳年舊痕

落戶屏東後

　　端詳地圖，台灣的確如一般人說的，像一條地瓜一樣；那麼，屏東就是地瓜尾，因為它位於台灣最南端。

　　我對屏東有一種特別的感情，因為它是我的第二家鄉。我於一九四七年秋來屏東，進入此間省立農校教書，以迄於今，都未移居其他地方。我到屏東之前，與我妻先去台南看望岳父母，暫住那兒幾天。適市立初中需文史教師，我由友人介紹，並即應聘搬進該校一處簡陋的宿舍。

　　那時內戰早已拉開序幕，國共兩黨打打談談，物價持續上漲，台灣雖遠在海峽對岸，也不免受到波及。本來竊案甚少的台灣，如今家家戶戶也都注意門戶的安全。我住的宿舍，房間沒有窗戶，很熱，因此除通往屋外的門外，屋裡房間的門不掩上。一天早晨，我們起床，放置床前靠壁椅上大皮箱不見了。我的家當就只有這一只皮箱，皮箱被竊走了，我就什麼都沒有了！

　　這使我很傷心！然令我感到更棘手的是，我妻竟在我們遭小偷後三四天臨盆，生下我的長女。我們都不注意臨盆的時間，大約是在什麼時候；也不知道臨盆之前，身體會有什麼感覺。一天，我有些事在我妻臨盆之前外出不多久，她覺得內急，便上廁所；在馬桶上坐了好一會兒，才知道是要生產了。她馬上呼喊我的一位同鄉好友，請他通知她娘家父母。

　　雖然我妻沒有險些把嬰兒生進馬桶，但嬰兒降地，立刻需要的尿布、小衫，和妻產後的該辦的事情等，我全不知所措，十分焦慮。幸好我岳父母很仁慈，對我這個外省籍女婿竟無偏見，同情我在台灣無親無戚，無業無產，立刻將我妻女連同我三人，全部接到他們家裡去住，使我妻產後帶來的問題，頓時全部解決，使我如釋重負。

　　住進市中宿舍的遭小偷，令我感到很掃興，於是我託一位鄉親為我另行介紹教書工作。那時候找個文史教師的工作，並不困難，我很快便被輾轉介紹到省立屏東農校。我妻產後尚未滿月，我便一個人先到學校報到，和安排妻滿月後接來學校住宿的事情。

　　一天早上，我到學校出納組，領了第一個月薪水，塞進後褲袋，便興沖沖地準備上台南。我妻已產後滿月了，我要去接她和抱我們第一個女兒來屏東，共同過小家庭生活。學校的大門口就是馬路，但那時人口少，景氣也不好，一天沒有幾輛汽車經過，學校門口不設招呼站，黃色車也不來這裡招客；於是我只好安步當車。步行半小時左右，到市區搭車上台南。班車快到了，售票亭前，有人在買車票，我快步趨前，也準備買票。但當我翻手到背後，要伸入褲袋拿錢時，發現鈕釦解出了，摸一摸褲袋外面，卻是扁扁的，待伸手一探，我的鈔票不翼而飛了！我一個月薪水泡湯了，那是我全部的財富呀！我心有未甘地向地上看看，也向周圍的人望一望，但都沒有異樣。我想，一定是被扒手扒了，傳給後面的同黨，接手遠走了。我初來屏東，人地生疏，不敢聲張，啞巴吃黃蓮似地轉身回到學校借點錢，再出來搭車。

那時在台灣的書店還能看到上海出版的書刊。我在臧克家主編的一種專刊詩作的月刊上，讀到一首似乎是薪水階級的詩人，寫領薪、嘆窮苦的詩，令我不勝欷噓，印象深刻，至今已過五十年，我還記得其中如下的幾句：

> 一半還舊欠，
> 一半扣借支，
> 剩下零頭，
> 夠得買米？
> 還是買油？

當時內戰方酣，實際掌握了二十年以上政權的蔣介石，並不想還政於民，和談沒有誠意，因此邊談邊打，物價飛漲，民生疾苦。雖然戰火沒有燒到台灣，但台灣的生活，也不免受到衝擊。我因為孩子連年出世，當然更有前面幾句詩說的窘境。當時報紙報導，廈門大學洪琛教授，因受不了生活的煎迫，而與妻子一同服毒自殺。我的心為之一震，深怕自己也會有這樣悽慘的一天。然而，那時候我的孩子怎麼辦呢？我於是下定決心，要設法克服困難。我隨時留意有什麼可以賺取外快的機會，那怕是極其微末的收入。

有一天，我到學校的福利社買些東西，見到裡頭放了不少粗紙；那時沒有現在的衛生紙，大家都是用粗紙。我急忙上街，問店主價格和要收買否？然後回到福利社，將粗紙全部買下。那時很多

東西，都是一日三市，我把粗紙帶出去賣給店家，可以賺些價差，雖然數量不多，所得有限；但對我卻不無小補，令我欣慰！

我妻是個賢妻良母，持家勤儉，從來沒有向我訴過苦，是個與我同甘共苦的難得好伴侶。她奶水不足，瞞著我，每天黎明以前，就拿了一只小牙杯，走一二分鐘，到畜牧場向擠牛奶的老校工，要一杯牛奶回來給女兒吃。老校工住在我宿舍的近處，人很好，不會對人說這事，我妻才敢向他要求，否則被同事知道了，怕我有失面子。二十年後，女兒上大學了，我們夫婦一次在談天時，她想起了，才對我說起這件大時代中的小事情。當時我聽了，無言以對，心中只是對她感激。

拜蔣介石在大陸上打敗仗，逃來台灣之賜，我經濟狀況開始要略微逐漸改善了。這裡先說一個小故事，不知大家看了，覺得在大時代中的一個中學教師的命運和行為，是可笑呢？可憐呢？可悲呢？

蔣介石的敗兵，大部分是從上海逃出的，這些攜家挈眷的蔣軍，他們之中有人手上有些錢，在上海買了些香菸，帶來台灣販賣，換些現鈔，下船也就有台幣可用。我和一位同事，聽說有人向船上軍人買了轉售煙攤，也可以賺些錢；於是我們相偕去高雄，走到泊船的碼頭。船上的軍人，果然有向我們兜售香菸的。我們趨前各買了兩條。我們沒有帶袋子，兩條香菸就拿在手上，沒有任何顧慮地離開碼頭。走回馬路上，前面走來一個中年人，擋住我們，說我們手上拿的，是未稅私煙，要我們跟他走。我們和他正在理論間，那人看到前面有帶著私貨在走的人，便放下

我們，急忙走向前去。路旁店前站著幾個觀看的人，其中一個向我們叫一聲：「友呀……」，一隻手略微擺擺，示意我們趕快走掉。我們立刻走了幾步，轉入一條街道，消失於那個海關人員的視線。

在回屏東的途中，我們兩人都覺得自己可笑復可憐！為了獲得一點丁兒的蠅頭微利，我們遠赴高雄，放棄了教師的身份，也喪失了無價的尊嚴！這是為什麼？無非是因為入不敷出，一家大小嗷嗷待哺，才不得已自我貶損，幹那不被人瞧得起的救窮醫貧的事。然而，試問權貴大人和富足人士，這是社會的不幸呢？還是人性的失落？

敗逃到台灣的蔣軍，由於人數眾多，使台灣社會起了很大的變化。首先是各種所需都增加，有人因此發跡，有人轉趨衰落。台灣教育普及，人口多了，社會變得活躍，大家都想知道每日各角落發生的事情，有些地方性的報紙，便應運而生。台灣省政府在高雄發行《新聞報》，初創時期，經費不充裕，鄰近縣市，駐地記者外，也以增聘特約記者協助採訪。我寫了新聞稿去應徵，獲錄用。這家報紙特約記者的待遇，是每採用一則新聞，酬給三元。三元在那時是不算少的，因為那時已改用新台幣，如果一天寫個三幾則新聞被採用，所入並不低於一天的薪水所得。和我緊鄰的一位同事，應徵為台南市國民黨的《中華日報》特約記者，一則新聞才酬給一元，他也願意幹，可見教書的人，在蔣介石將搜刮大陸人民的黃金運來台灣，大家的生活依舊是貧苦的。但我們有個特約記者的稿酬，還是比其他的教書先生稍強些。

　　我們都是在下午三點半放學以後，才出去採訪。我們沒有腳踏車代步，走到市區，要半小時，採訪到各機關五時半下班，才到冰果室，叫一杯冰水，坐下寫稿。我還為台灣聞人李萬居辦的《公論報》寫新聞稿；但這家報紙經營不善，數個月沒有寄給我稿費。《台灣新生報》每月都結算稿費寄給我，我積存起來，一個公家機關，進口一批腳踏車售賣，我和也在寫新聞稿的鄰居同事，一同到高雄買一輛騎回屏東，解決了安步當車的辛苦問題。這是我有生以來買的第一件比較值錢的器物。那時我已做第三個女兒的父親。

醫貧與救窮

　　我很高興有一套比較完好的衣服，那是我在台北，一個晚上上街時，在一家託賣行買到的。

　　託賣行是蔣介石敗逃到台灣後，新興的行業。許多跟隨老蔣逃難到台灣的文武官員，一到台灣，都需要用錢，沒有黃金美鈔可賣的，就只好把行囊中比較值錢的東西，拿出去賣。可是他們初到台灣，人生地不熟，也是沒法子賣掉的。一些頭腦轉得快的人，就掛起招牌，做這種不需本錢，也不會蝕本的生意。於是急於用錢的大陸客就紛紛把東西拿到這種店裡託賣。

　　託賣的東西，標價都不高，貨色也頗新。我買的一套衣服，大約有八九成新，很合身，可以穿著出門作客。這套衣服，料子不壞，在當時，大概非一個月薪水，無法買得到。然而，我那時何來的錢買這套衣服呢？這是很湊巧的一件事。

　　那年暑假開始之前，學校報兩個教師去台北參加暑期講習會，兩人中的一個就是我。我很高興有機會去參加講習，因為我聽力越來越差，採訪新聞幾已無法完全聽清被採訪的人說的話，因此我放棄了對生活有些裨補的特約記者的工作，去參加講習三星期，等於減輕我在家庭中三星期的生活費。

　　然而，講習期間，也需要一些零用錢，怎麼辦呢？我想起了社址在台北的《公論報》積欠我幾個月稿酬，於是寫信去報社，請付還幾個月稿費，以紓解我的困難。鄭姓總編輯倒是一位很熱

情的人，立刻商請經理撥款，並派專人送到講習會給我。因此，我才有辦法在台北買這套衣服。

提起講習會，我當初以為是教育部辦的，後來才知道是國民黨辦的。會址借在省立工業專科學校，班主任是谷正綱，被請來精神講話的人，一個個都是來頭很大，蔣介石也到班講了兩小時。他講話溪口鄉音很重，不仔細聽，不易聽懂，他對我們講的話，就是在次年三月二十九日發表的《時代考驗青年，青年創造時代》。我因為聽障，一共還聽不上三幾句。但我知道，他對我們講的，沒有發表的那麼通貫有序，條理井然，顯然這是經他身邊的執筆人員，重新整理修飾的。內容沒有什麼，主要就是「反共抗俄」的那一套陳腔濫調。國民黨花數十萬元新台幣辦這個講習會的目的是什麼？我不知道。我在那時自忖，大概是加強思想訓練吧。

谷正綱三兄弟過去在政場都很得意，與宋靄齡三姊妹都嫁給政要，常被大眾相提並論，引為美談。可是這些人的結局，榮華富貴，也都轉瞬間便不留痕跡地寂滅了！谷正綱死前很好笑，他患癡呆病，一天，穿上鞋襪，坐上汽車，要司機開去他的辦公廳。到了辦公處，他找到自己過去的辦公桌坐下，卻不知道他的職位早已沒有了。這個行將就木的人，還迷戀於自己的權位，國民黨的官員大都是如此貪婪可笑的。

講習回來，一切如故。我仍是每月領一份薪水，不足以養一家五口的教書先生，不過，那時社會蠻貧窮，卻不似後來有「笑貧不笑娼」的情形。大家無法開源，就只好節流。同事中沒有人敢浪費，節儉成風。節儉是美德，誰也不敢笑誰。

　　教務主任住在和我同排的宿舍，他來台前，曾在西北農學院教書，現在有四個兒女，生活也相當緊迫，他把門前一塊大約十米的空地利用種菜，常常提一個塑膠桶子，往來於茅坑之間，掏糞澆菜。我如今也沒有可以增加一些收入的機會了，何不也種些蔬菜，省些菜錢。

　　心裡這麼一想，我便去買一把鋤頭，把門前一塊也像教務主任的一樣大小的空地，除去雜草，翻了土，作了畦，買了種子種下去，每天早晚勤澆水，泥土裡，果然很快就冒出菜苗來。菜苗長得很快，欣欣向榮，我看得很歡喜。

　　時序已進入冬季，農民為了增加收入，秋收後的田地，很多也都利用種菜；而且當時的人口，不像現在這麼多，所以菜價並不好。我三個女兒都還年幼，不喜歡吃蔬菜，所以每天菜錢，並不省了多少。

　　《易・繫辭》說：「窮則變，變則通。」於是我每天都在苦思如何「通變」？那時蔣介石讓北京大學過氣校長蔣夢麟，搞農村復興的工作，移植一種美國改良的白毛蛋雞。這種雞可以一直下蛋，一年中，沒有休產幾天。所以有一些農村青年搞這一行業，一養就是幾百隻，收入在薪水階級的公教人員之上。於是我想，養雞倒是增加家庭收入的好辦法。

　　主意想定，我就開始設想，要如何養了。首先考慮的是飼養的地點。我住的宿舍，本來是學生宿舍，一排過去，好像一共是五大間，住五戶，我住最末一間。這排宿舍的共用廁所，就在我住處的鄰近，中間的區隔，只有五六尺寬，我雇學校的木工，利

用舊材料，隔成一個小廚房，隔壁廁所的尿槽很臭。我每天在大家都去上班了，加以沖刷清洗。回想起來，真不是個人住的地方。

廁所下去，是一片頗大的空地，可以利用養雞。但離我住處遠了一點，怕有小偷。種菜那片小空地，太靠近門前。倒是屋後比較適合，離窗口不太遠，照顧方便，我便決定飼養在屋後。這種蛋雞是要養飼的，於是我便去定製一個四層的竹籠雞舍，放置在屋後。但雞糞氣味還是會傳至窗口，這會引起鄰居不快，於是我經常清雞糞，力求不影響鄰居的起居生活。但我再怎麼樣努力，也是不會盡如人意的。

我養三十隻左右的蛋雞，平均一個月能有多少收入呢？我沒有登記，也沒有計算；不過，籠統地說一句：並不划算。

我們的蛋，是一定要賣給飼料店，否則沒地方可銷，所以我們得依飼料店說的價錢售給，否則他們不收購；他們收購的蛋，轉售給早點店或大盤商，價錢都比我們的好，可以賺差。我們需要好飼料，又得向他們買，這是又一次被剝削。大規模養的人，不會吃這種虧，因為他們的飼料，是自己購進原料，自己研製調配，雞蛋自己直銷大盤商，都比較划得來。

所以，許多只養幾十隻的人，沒多久便都不養了，我也如此。

不養雞之後，可巧學校要增設本國史的課程，要我去講授，並要我編講義，而且要編到民國時代。我覺得相當為難，但那個時候，大家對「白色恐怖」都很戒慎，我於是只好接受這項任務。因為鐘點少，我盡量精簡，民國時代，就編詳細一些。後來

我才知道，舉行各種考試，都有考本國史這一科，我便送到台南一家書局，商其出版。老闆看了上面所寫的書名，表示願意出版，條件是出版時，送給我五百本書，一次售斷，不另給稿酬。我那時對這方面的事情，全無所知，便答應了。

接著，老闆拿出一本書，說要請我幫些忙。就是要我把那本譯作的句子，略微改頭換面，成為他書店的稿子，由其印售。我覺得這事簡單，而他說明要給我稿費若干，我覺得很不少，便接受這項工作。這本書是叫《培根論文集》，原來的譯者，聽說是在黃埔官校教書，譯著很流暢。我把這本書的譯文，改頭換面後，送還書局。書局立刻付排出版，封面套一只塑膠套，很別緻，也不會因翻閱弄髒或撕破。這是台灣第一本用此裝法的書，很吸引讀者，成為暢銷書，印了好幾版，老闆很高興。

《本國史》也早已出版了，印了好幾版，老闆很高興。我翻了翻，除校對不甚完妥外，有兩個字被改掉了，就是「中共」兩字被改為「共匪」。我對老闆說：「中共」兩字不犯禁，為什麼要改？他肯定地說：要改！萬一出問題，對你我都不好。他告訴我，高雄有兩家書店老闆去香港，回來時，各帶二本內容相同的哲學方面的書，翻印出售，結果都被捕了，也都被判刑三年。我聽後，不說什麼。這三個書店老闆，都是從上海出來的，台南這位年紀最大，在那時，已有五六十歲了，所聞所見的事情，夠那時的我當作一本書讀。

生意方面的事，我一無所知。特別是出版方面的生意。因此與書店老闆一談，就被看穿是一個書呆子。書呆子當然除讀書寫

文章外，不知做生意的一些竅門，也就不知和不會計較利益，連吃了虧也還不知道，有一些收入，就很滿足了，因此被視為文丐，加以利用。

那時，一般書商都不敢印售作者在大陸的著作，台灣還沒有培養出作家，因此書市場呈現一片書荒。聰明一點的書商，便以大陸上出版的譯作，只要原作者沒有問題，就請人將文字略做改動，換個譯者的名字出版，就有利可圖。著名作家夏丏尊譯的《愛的教育》就被人將文字略微改動，出版牟利。

我和一些書店主人混熟了，從交談中得知一些出版的竅門，也知道與同業往來的價碼等，引起我日後也搞出版的興趣。

一個敗軍之將

蔣介石在大陸戰敗，逃到海峽對岸的孤島台灣後，一般人私底下談起，多以為當年國共之爭，就像歷史上楚漢之爭一樣。其實不然。主要不同，是兩位主帥在一念之間的差異。項羽帶出八千江東子弟，西向擊秦，卻敗在劉邦手下，逃到烏江，以沒有面目回江東見父老，伏劍自刎，成就了他為千古英雄人物，更結束了國家爭亂的局面，免卻百姓深受戰爭的禍害，贏得宋代女詞人李清照為他寫了一首題為《夏日絕詞》的頌讚的詩，詩云：

> 生當作人傑，
>
> 死亦為鬼雄；
>
> 至今思項羽，
>
> 不肯過江東。

而蔣介石呢？他徵召全國子弟，何止項羽的千百倍；但處處敗戰，積屍盈野，而他不但不在全國父老之前自殺悔罪，還抽身飛渡海峽，遁入台灣。自保性命，道德勇氣遠不如項羽。

蔣介石的功過，歷史自有論斷，這篇短文並不想談蔣介石什麼事。我們只惋惜他不早三四十年去世，不致被人譴責是民族國家的罪人。

常言道：「亡國之君不可言智，敗軍之將不可言勇。」這兒且談一位我認識的敗軍之將的小故事。

我們學校圖書館有一本連雅堂著的《台灣通史》，由我借回閱讀。有一天，一位老年同事，來到我家，說要借看一下《台灣通史》，這位老年同事就是一個被介紹來教書的敗軍之將。他是新到校的教師，和我第一次的接觸。

既然是同事，坐下來，自然有話談，而且他和我又同是教國文的。但他很客氣，說他只是半路出家。他和蔣介石同年生，也同年死，在他們那個時代，雖學武，國學基礎也是很不錯的。

這位先生來頭很不小，他官拜陸軍中將，是桂系軍人，為李（宗仁）白（崇禧）麾下的一員大將。他是江西人，蔣介石政權已在分崩離析時，為穩住殘餘的幾個省，都任命省籍人士為行政長官，他也被邀請出任江西省末任省主席。

談到這裡，上年紀的高齡讀者先生，應該還能記得此人的姓名。他到底是個軍人，不能很準確地看出局勢將怎樣的發展。他以為戰局也許不會繼續惡化下去，東南半壁江山，也許有轉危為安的希望。此人生活簡樸，沒有抽煙、喝酒、賭博等不良嗜好，唯一喜歡的是娶妻納妾，一共有八個老婆。由於家庭人口眾多，需要解決長期的居住問題，於是將歷年積存的錢拿出建造一幢大房子，安頓全家眷口。

沒想到房子還沒蓋好，解放軍便已渡江，迅速逼近江西。白崇禧已逃到海南島，他也匆匆收拾一些簡單的行李，帶著老母，和最小的一個妻子，攜三幾個稚齡的兒子，南下廣東，買舟渡海，到瓊島追隨老長官白崇禧。

隨他逃亡的最小的老婆，小他三十歲左右，雖是徐娘半老，

卻是風韻猶存，態度大方，待人客氣。兒子書讀不好，實際他也無力培養兒子上大學；有的兒子去做待遇比較優厚而工作辛苦的船員。

剛到台灣時，沒有台幣，也沒有黃金，日子不好過。他說，他在最苦時候，肚子餓了，只喝開水充飢。那時台灣省主席是陳誠，他說，白崇禧到台灣的第二天，陳誠就送一輛汽車給老白代步。他忽然伸出右手食指，向前一戳，說：「那個司機，就是特務。白崇禧送客，都不敢送到門外。」

由於說到白崇禧，我把話題引到李宗仁。他說，李宗仁和中央軍對抗時，兵敗，逃到山區，歸到山窮水盡，一切全都沒了時，便到民家搶劫。他補充一句說：「那就是土匪。」過去軍閥爭地盤、爭政權時，大都是如此的；他們混戰，成，百姓苦；敗，也是百姓苦！夾在中間的百姓，在痛苦中煎熬了許多年，弄得什麼也沒有了，大家就去投軍，這就是軍閥不愁沒有兵員的原因！

我問我們這位敗軍之將：「你們為什麼如此打仗？」他說軍人是要服從命令的，命令要你打，是不能不打的。他有一次幾乎和中央軍也要打一大仗；西南系軍閥由他擔任前敵指揮官，蔣軍方面由陳誠擔任前敵指揮官，雙方在武漢對峙。我問：「哪一方面打勝仗呢？」他說，沒有打起來。我問，為什麼沒打起來。他說是程潛出來調解。這件事，他好像不只對我一個人談起，也許這是他一生中要指揮一次大規模的戰爭，令他覺得相當光榮。

他忽然把話題岔出，說陳誠對老蔣的脾氣摸得最清楚。我聽了，覺得他對軍界重要人物的事知道相當清楚，因此我建議他寫

回憶錄。他說，過去的事很多都忘了。他一生過戎馬生活，每日時間安排很緊湊，如今已是六七十餘歲的人了，確實不能記得許多往事，但重大的事，他還是記得的。

抗戰中，日軍南侵，打到廣西，桂林危急。當年保衛桂林的大將，便是他；這是他一生中最最重大的事，他當然記得。他當時率五萬大軍保衛桂林，不可謂兵力不夠雄厚，但結果卻被日軍包圍。在情勢最險惡的時候，他下令突圍。在衝出後，他清點人數，五萬大軍，只剩五十人。這是一次重大的戰役，也是抗戰中遭到一次重大的慘敗。

事過境遷，他談起此事，不顯露出什麼特別的表情，好像本就應當是這樣的。一位留日的老同事聽我轉述此事，冷冷地說：此人將才不好。

雖然，「此人將才不好」，但健康卻很不錯。這位留日老同事的年齡和他相仿，活到八十四歲去世，而他卻還健在，而且身體很硬朗；他不抽煙、不喝酒、不上牌桌，固然是原因，但還有一個更大的原因。據他說，他過去曾有三十年的時間，每天吃一隻雞。雞很補，我們中國婦女坐月時都要吃雞，目的就是產後進補。據說蔣介石無論在家外出，都常吃雞汁。這兩人當年的健康，的確逾於常人。兩人都以為只要身體硬朗，就不怕不能成就功業。他們一個幫人打天下，一個要把國家搋進自己口袋裡。但是人算不如天算，他們的願望都落空了，而且一個在死前先失聰，繼失明；一個經年在病榻輾轉。兩人都受盡折磨，也把國家弄成久久尚未統一的局面。

附錄：王光前其他著作

王光前（1968）。陶潛與李白。屏東：亞光出版社。

王光前（1971）。中國詩歌成就的因素。台南：晨光出版社。

王光前（1977.10.22）。內埔昌黎祠。台灣新聞報（p.12）。

王光前（1980）。老子箋。高雄：前程出版社。

王光前（1981）。胡適、李敖及其他。高雄：前程出版社。

王光前（1982）。老子閒談。台北：星光出版社。

王光前（1983）。李清照和她的作品。高雄：前程出版社。

王光前（1983）。李清照作品全編詳註今譯。高雄：前程出版社。

王光前（1985）。陶淵明和他的作品。高雄：前程出版社。

王光前（1985）。陶淵明全集。高雄：前程出版社。

王光前（1986）。詳註今譯大學國文選。高雄：前程出版社。

王光前（1987）。李清照詞欣賞。屏東：書樓出版社。

陳年舊痕

國家圖書館出版品預行編目

陳年舊痕 / 王光前著. -- 一版. -- 臺北市 ：
秀威資訊科技, 2006[民95]
面； 公分. --（語言文學類；PG0115）

ISBN 978-986-6909-09-2（平裝）

855   95021007

語言文學類　PG0115

陳年舊痕

作　　　者 / 王光前
發 行 人 / 宋政坤
執 行 編 輯 / 賴敬暉
圖 文 排 版 / 郭雅雯
封 面 設 計 / 李孟瑾
數 位 轉 譯 / 徐真玉　沈裕閔
圖 書 銷 售 / 林怡君
網 路 服 務 / 徐國晉
出 版 印 製 / 秀威資訊科技股份有限公司
　　　　　　台北市內湖區瑞光路583巷25號1樓
　　　　　　電話：02-2657-9211　　　傳真：02-2657-9106
　　　　　　E-mail：service@showwe.com.tw
經 銷 商 / 紅螞蟻圖書有限公司
　　　　　　台北市內湖區舊宗路二段121巷28、32號4樓
　　　　　　電話：02-2795-3656　　　傳真：02-2795-4100
　　　　　　http://www.e-redant.com

2006 年 12 月　BOD 一版
定價： 150 元

讀 者 回 函 卡

感謝您購買本書，為提升服務品質，煩請填寫以下問卷，收到您的寶貴意見後，我們會仔細收藏記錄並回贈紀念品，謝謝！

1. 您購買的書名：＿＿＿＿＿＿＿＿＿＿＿＿＿＿＿＿＿＿

2. 您從何得知本書的消息？

　□網路書店　□部落格　□資料庫搜尋　□書訊　□電子報　□書店

　□平面媒體　□ 朋友推薦　□網站推薦　□其他＿＿＿＿＿＿

3. 您對本書的評價：(請填代號　1.非常滿意 2.滿意 3.尚可 4.再改進)

　封面設計＿＿　版面編排＿＿　內容＿＿　文/譯筆＿＿　價格＿＿

4. 讀完書後您覺得：

　□很有收獲　□有收獲　□收獲不多　□沒收獲

5. 您會推薦本書給朋友嗎？

　□會　□不會，為什麼？＿＿＿＿＿＿＿＿＿＿＿＿＿＿＿＿

6. 其他寶貴的意見：＿＿＿＿＿＿＿＿＿＿＿＿＿＿＿＿＿＿

＿＿＿＿＿＿＿＿＿＿＿＿＿＿＿＿＿＿＿＿＿＿＿＿＿＿＿＿

＿＿＿＿＿＿＿＿＿＿＿＿＿＿＿＿＿＿＿＿＿＿＿＿＿＿＿＿

＿＿＿＿＿＿＿＿＿＿＿＿＿＿＿＿＿＿＿＿＿＿＿＿＿＿＿＿

讀者基本資料

姓名：＿＿＿＿＿＿＿＿＿＿　年齡：＿＿＿＿　性別：□女　□男

聯絡電話：＿＿＿＿＿＿＿＿　E-mail：＿＿＿＿＿＿＿＿＿＿

地址：＿＿＿＿＿＿＿＿＿＿＿＿＿＿＿＿＿＿＿＿＿＿＿＿＿

學歷：□高中(含)以下　　□高中　　□專科學校　　□大學

　　　□研究所(含)以上　□其他＿＿＿＿＿＿＿＿

職業：□製造業　□金融業　□資訊業　□軍警　□傳播業　□自由業

　　　□服務業　□公務員　□教職　　□學生　□其他＿＿＿＿＿

秀威與 BOD

BOD（Books On Demand）是數位出版的大趨勢，秀威資訊率先運用 POD 數位印刷設備來生產書籍，並提供作者全程數位出版服務，致使書籍產銷零庫存，知識傳承不絕版，目前已開闢以下書系：

一、BOD 學術著作—專業論述的閱讀延伸
二、BOD 個人著作—分享生命的心路歷程
三、BOD 旅遊著作—個人深度旅遊文學創作
四、BOD 大陸學者—大陸專業學者學術出版
五、POD 獨家經銷—數位產製的代發行書籍

BOD 秀威網路書店：www.showwe.com.tw
政府出版品網路書店：www.govbooks.com.tw

　　永不絕版的故事‧自己寫‧永不休止的音符‧自己唱